カラー版　百人一首

谷 知子

角川文庫
18269

カラー版 百人一首 目次

本書の和歌の表記、意味、解説は、角川ソフィア文庫『ビギナーズ・クラシックス日本の古典　百人一首（全）』から引用しています。和歌と作者名は総ルビとし、旧仮名と現代仮名が異なる場合には左側にカタカナで現代仮名を付しました。なお、各頁に掲載している「光琳歌留多」は、読み札百枚には歌仙絵が、取り札百枚には歌意を表現した絵が描かれています。江戸中期の画家尾形光琳作といわれ、和歌も光琳の筆の可能性が高いとされています。

1

秋《あき》の田《た》のかりほ《オ》の庵《いほ》《イオ》の苫《とま》をあらみ
わが衣手《ころもで》は露《つゆ》に濡《ぬ》れつつ

——天《てん》智《ぢ》《ジ》天《てん》皇《わう》《ノウ》

意味 秋の田の傍にある粗末な仮小屋は、苫葺《とまぶ》き屋根の目が粗いので、私の衣の袖《そで》は屋根から漏れる露に濡れそぼっている。

ポイント 天智天皇は、即位前の中大兄皇子の時代に中臣鎌足とともに蘇我氏の専横から政治を取り戻し、大化の改新を主導。人民と生活苦を分かち合う聖帝のイメージがあり、この歌の作者にふさわしい天皇だった。(106頁参照)

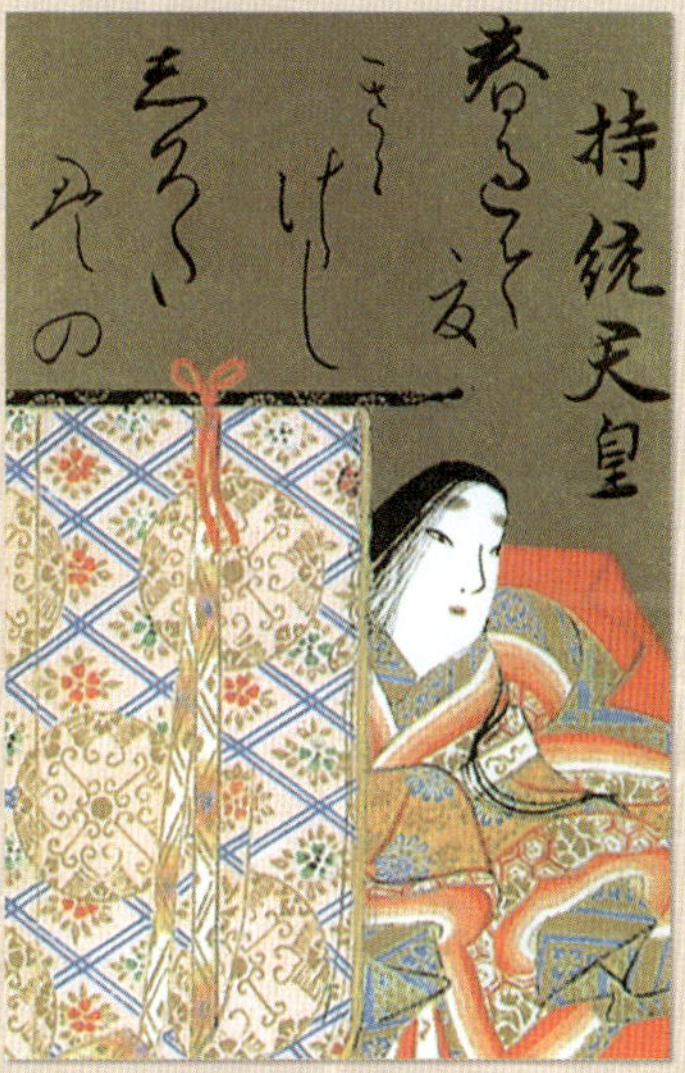

2

春《はる》過《す》ぎて夏《なつ》来《き》にけらし白妙《しろたへ》《タエ》の
衣《ころも》干《ほ》すてふ《チヨウ》天《あま》の香具山《かぐやま》

——持《ぢ》《ジ》統《とう》天《てん》皇《わう》《ノウ》

意味 春が過ぎて夏が来たらしい。夏になると衣を干すという天の香具山に、真っ白い衣が干してあるよ。

ポイント 天の香具山は奈良県橿原市にある山で、天界から降ってきたという伝承を持つ。神話に彩られた山を舞台に、古き佳き時代の古代天皇の姿をおおらかに神秘的にかたどった一首。作者の持統天皇は一番作者天智天皇の皇女。（106頁参照）

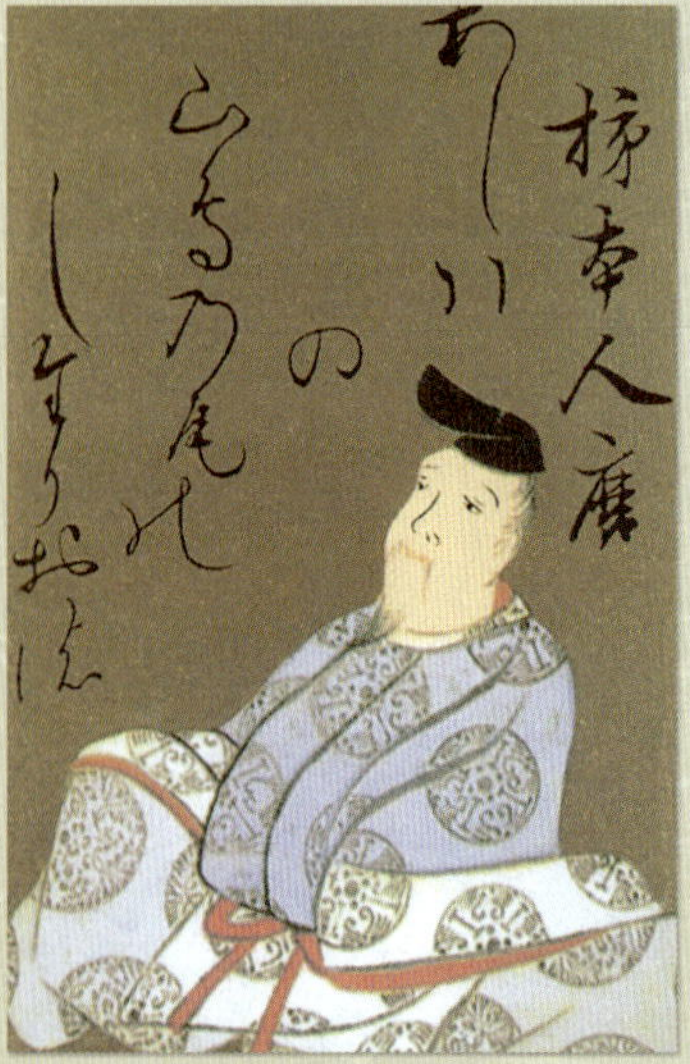

3

あしびきの山鳥《やまどり》の尾《を》《オ》のしだり尾《を》《オ》の
ながながし夜《よ》をひとりかも寝《ね》む《ン》

——柿本人麿《かきのもとのひとまろ》

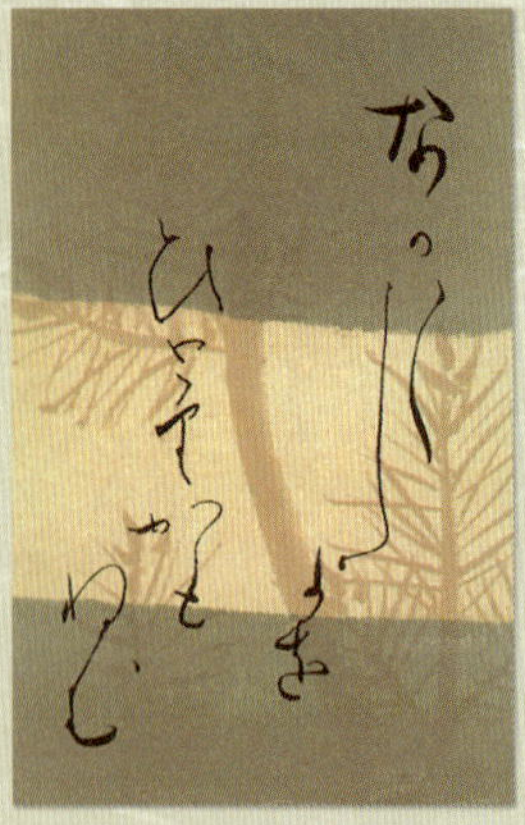

意味 山鳥の長く垂れ下がった尾のように、私は長い長い夜を一人ぼっちで寝るのであろうか。

ポイント 柿本人麿は、現在の奈良県天理市に本拠地のあった柿本氏の一族に生まれた。宮廷歌人として持統(じとう)・文武(もんむ)天皇に仕え、漢詩文に匹敵する和歌の力を知らしめた。定家の時代には歌神として崇拝されていた。(107頁参照)

4

田子《たご》の浦《うら》にうち出《い》でてみれば白妙《しろたへ》《タエ》の
富士《ふじ》の高嶺《たかね》に雪《ゆき》は降《ふ》りつつ

——山辺赤人《やまべのあかひと》

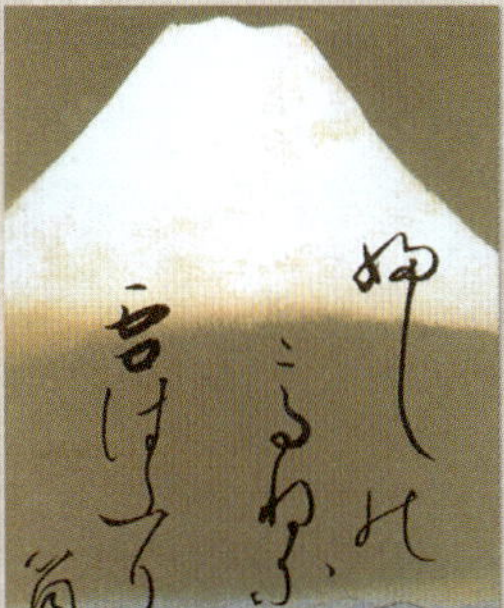

意味 田子の浦に出て、仰ぎ見ると、真っ白な富士の高嶺に雪がしきりに降っているよ。

ポイント 自然に対する畏敬の念、これこそ日本の叙景歌の本質である。この歌は元々『万葉集』の一首で、長歌に付された反歌であった。長歌では富士山が観念的に讃美されており、この歌も神々しいほどに美しい富士山の前に立ちすくむ人間の姿を鮮やかにとらえた一首。

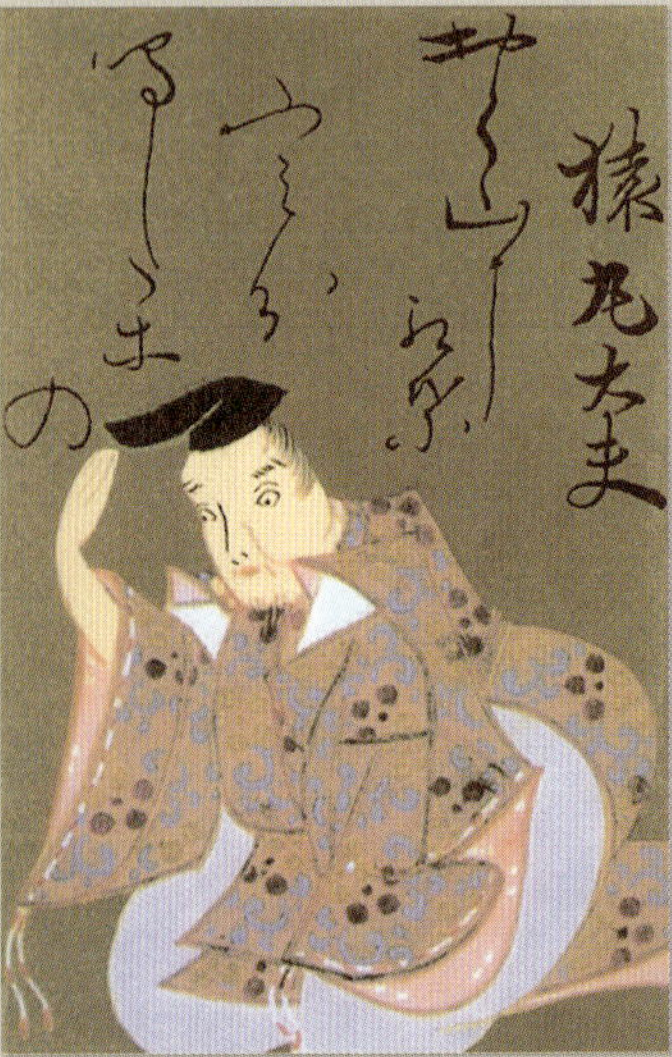

5

——猿丸大夫《さるまるだゆう》

奥山《おくやま》に紅葉《もみぢ》《モミジ》踏《ふ》み分《わ》け鳴《な》く鹿《しか》の
声《こゑ》《コエ》聞《き》く時《とき》ぞ秋《あき》は悲《かな》しき

意味 奥山で、地面に散り敷いた紅葉を踏み分けて鳴く鹿の声を聞くとき、秋はなんとも物悲しいものだ。

ポイント ただでさえ悲しい秋に、妻を恋う鹿の鳴き声が聞こえるという、この侘しい感じは、中世以降の幽玄やわび・さびに通じる美意識である。貴族たちは、出家や隠遁を実践できないかわりに、和歌や漢詩の中で擬似的な隠者生活を体験し、味わっていた。

6

鵲《かささぎ》の渡《わた》せる橋《はし》に置《お》く霜《しも》の白《しろ》きを見《み》れば夜《よ》ぞ更《ふ》けにける

——中納言家持《ちゅうなごんやかもち》

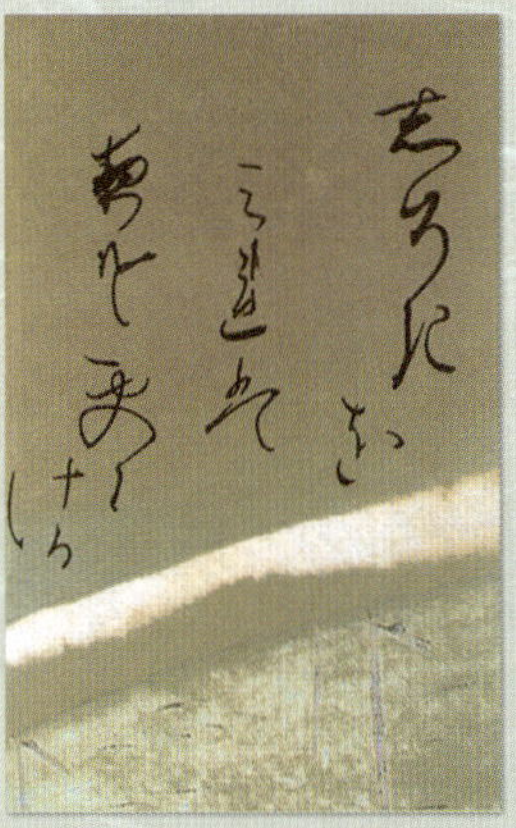

意味 鵲が翼を広げて架け渡した天の川の橋の上に置いた霜が、白く冴《さ》えているのを見ると、夜も更けたのだなあと思う。

ポイント 作者の大伴家持は、奈良時代末期の歌人で、『万葉集』編纂に深く関わったとされている。「鵲の渡せる橋」は、七夕の夜、鵲が天の川に翼を広げて橋とし、織女を渡したという中国の伝説に由来している。「霜」は星の喩えである。

7

——安《あ》倍仲麿《べのなかまろ》

天《あま》の原《はら》ふりさけ見《み》れば春日《かすが》なる
三笠《みかさ》の山《やま》に出《い》でし月《つき》かも

意味 大空をふり仰いで見ると、月が見える。ああ、故国日本の春日にある三笠の山に出ていたのと同じ月だよ。

ポイント 仲麿が遣唐使の任を終えて帰国する際、中国の明州（浙江省寧波）の海辺で人々が送別の宴を催してくれたときに詠んだ歌だとされている。異国の地で数十年過ごした後の望郷の思いが詠まれている。しかし仲麿は難破事故で引き返し、生涯日本に帰ることはできなかった。

8

――喜《き》撰《せん》法《ほふ》《ホウ》師《し》

わが庵《いほ》《イオ》は都《みやこ》の辰巳《たつみ》しかぞ住《す》む
世《よ》をうぢ《ジ》山《やま》と人《ひと》はいふ《ウ》なり

意味 私の庵《いおり》は、都の南東にあって、このように心静かに住んでいる。それなのに、世を憂きものと思って住む宇治山《うじやま》と、人は言っているそうだ。

ポイント 喜撰は、六歌仙の一人で、伝説的人物。「うぢ」は、「憂し」と「宇治」の掛詞である。「辰巳」は南東の意。宇治山は、宇治市池尾の西に位置し、この歌によって喜撰山とも呼ばれる。(108頁参照)

9

——小《を》《オ》野小町《ののこまち》

花《はな》の色《いろ》はうつりにけりないたづら《ズ》に
わが身《み》世《よ》にふるながめせし間《ま》に

意味 美しかった花の色はすっかり色あせてしまったなあ。長雨が降り続く間に。私も、空しくこの世で年をとってしまった。物思いにふけっていた間に。

ポイント 小野小町は、九世紀頃仁明(にんみょう)天皇か文徳(もんとく)天皇の更衣であったらしい。美貌の歌人と言われ、深草少将百夜通い伝説などが有名である。二二番作者の文屋康秀とも交流があった。六歌仙。(108頁参照)

10

これやこの行《ゆ》くも帰《かへ》《カエ》るも別《わか》れては
知《し》るも知《し》らぬも逢坂《あふさか》《オウ》の関《せき》

――蟬丸《せみまる》

意味 これだよ、これ。これがあの、旅立つ人も、旅から帰る人も、知っている人も、知らない人も、別れてはまた逢う、逢坂の関だよ。

ポイント 逢坂の関は、山城国(京都府)と近江国(滋賀県)の境にある関で、交通の要所であった。現在の逢坂には、関蟬丸神社、関蟬丸神社下社など、蟬丸を祀った神社がある。蟬丸は、一説には盲目の琵琶の名手であったという。

11

わたのはら八十島《やそしま》かけて漕《こ》ぎ出《い》でぬと
人《ひと》には告《つ》げよ海人《あま》の釣《つ》り舟《ぶね》

——参議《さんぎ》　篁《たかむら》

意味　大海原《おおうなばら》の多くの島々を目指して漕ぎ出していったと、都に残してきた人には告げてくれ、漁師の釣り舟よ。

ポイント　隠岐島に流されるため、出雲国（島根県）千酌（ちくみ）駅から船出する直前に詠まれた。小野篁は、優れた学者として知られ、罪が許されてからは嵯峨天皇に重用され、従三位にまで出世した。閻魔大王に仕える裁判官だった、など清廉潔白なイメージの逸話も、多く残る。

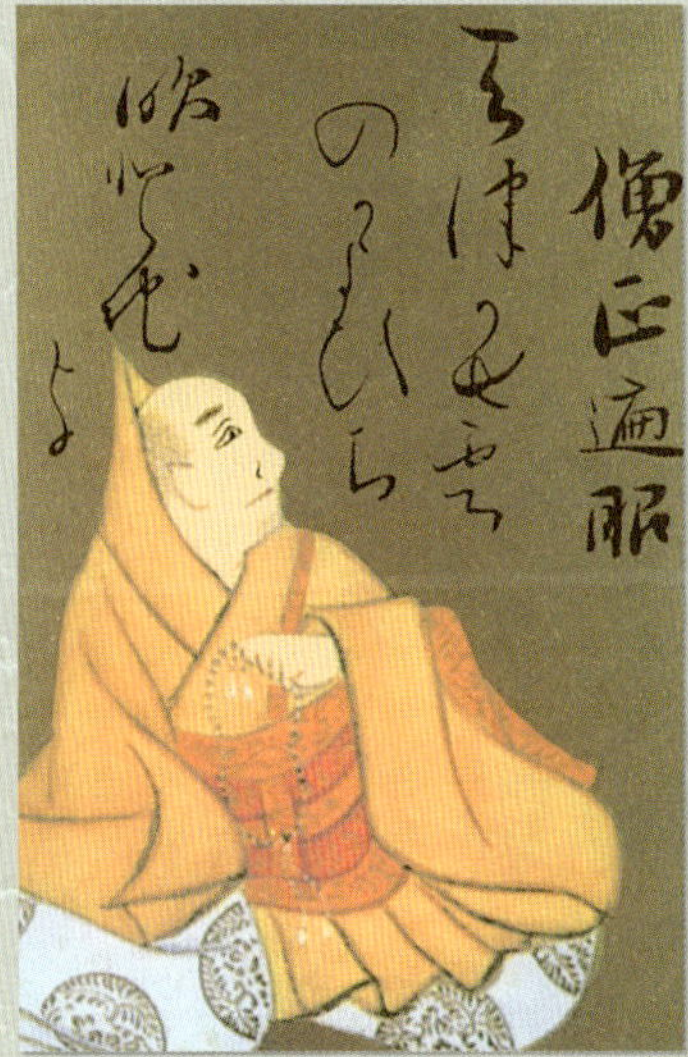

12

僧《そう》正《じやう》《ジョウ》遍昭《へんぜう》《ジョウ》

天《あま》つ風《かぜ》雲《くも》の通《かよ》ひ《イ》路《ぢ》《ジ》吹《ふ》きとぢ《ジ》よ
乙女《をとめ》《オトメ》の姿《すがた》しばしとどめむ《ン》

意味 空を吹く風よ、雲の中にある、天女の通り道を塞《ふさ》いでおくれ。乙女の姿をもうしばらくの間とどめておきたいのだよ。

ポイント この歌は、出家前の殿上人時代（俗名良岑宗貞）に、五節の舞姫を天女に、宮中を天上世界に見立てて詠んだ華やかな歌。遍昭は、二一番作者の素性の父。『百人一首』は親子歌人が多いが、その一人である。六歌仙。

13

陽《ヨウ》成院《イン》《やうぜいゐん》

筑波《つくば》嶺《ね》の峰《みね》より落《お》つるみなの川《がは》《ガワ》

恋《こひ》《コイ》ぞ積《つ》もりて淵《ふち》となりぬる

意味 筑波山の峰から流れ落ちる水《み》無川《なのがわ》の水が積もり積もって深い淵となるように、あなたを恋いそめた心が積もり積もって深い淵となったのです。

ポイント 一五番作者光孝天皇の皇女綏子内親王に贈られた恋歌で、後に二人は結婚する。しかし、陽成院自身は、九歳で即位した後まもなく退位させられ、その後六十数年間上皇として隠遁生活を送るという、無念の生涯だった。

14

陸奥《みちのく》のしのぶもぢずり誰《たれ》ゆゑ《エ》に
乱《みだ》れそめにし我《われ》ならなくに

――河《か》原左大臣《はらのさだいじん》《ワラ》

意味 陸奥《みちのく》産のしのぶ摺《ず》りの乱れ模様のように、私の心はひどく乱れている。いったい誰のせいで乱れはじめたというのでしょう、私のせいではないのに。すべてあなたのせいなのに。

ポイント 当代きっての風流人で、在原業平とも深い親交があった。作者の源融（とおる）が贅を尽くして作った別荘河原院（四七番参照）には、東北の塩竈を模した庭園があったという。

15

君《きみ》がため春《はる》の野《の》に出《い》でて若菜《わかな》摘《つ》む わが衣手《ころもで》に雪《ゆき》は降《ふ》りつつ

――光孝《くわうかう》《コウコウ》天《てん》皇《わう》《ノウ》

意味 あなたのために、春の野に出て若菜を摘む私の衣の袖に、雪がしきりに降りかかることよ。

ポイント 光孝天皇が皇太子時代、誰かに若菜を贈ったときに添えた歌だと思われる。若菜は、せり、なずなといった、早春の野に生える若草で、これを食べると邪気を払うことができると信じられた。心優しい天皇のイメージにふさわしい、『百人一首』屈指の美しい歌である。

16

立《た》ち別《わか》れいなばの山《やま》の峰《みね》に生《お》ふ《ウ》る
まつとし聞《き》かば今帰《いまかへ》《カエ》り来《こ》む《ン》

——中納言行平《ちゅうなごんゆきひら》

意味 あなたとお別れして、私は因幡《いなば》国に行きますが、因幡山の峰に生えている松のように、私を待っていてくれると聞いたならば、すぐにでも帰ってきましょう。

ポイント 行平が因幡守として赴任するにあたって、見送りに来てくれた人に贈ったもの。作者の在原行平は、平城天皇の皇子阿保親王の子で、一七番作者業平の兄にあたる。

17

ちはやぶる神代《かみよ》も聞《き》かず竜田《たつた》川《がは》《ガワ》
からくれなゐ《イ》に水《みづ》《ミズ》くぐるとは

——在原業平朝臣《ありはらのなりひらあそん》《ワラ》

意味 神々の時代でも聞いたことがない。竜田川の水の下を水が潜って流れるなどとは。

ポイント 業平自身は「水くくる」と詠み、川全体を真紅に絞り染めにしてしまうとは、と驚いてみせる歌だったが、定家は「水くぐる」、つまり潜ると解釈していた。「ちはやぶる」は、「神」にかかる枕詞。「竜田川」は、大和国(奈良県)生駒郡を流れる川で紅葉の名所。(109頁参照)

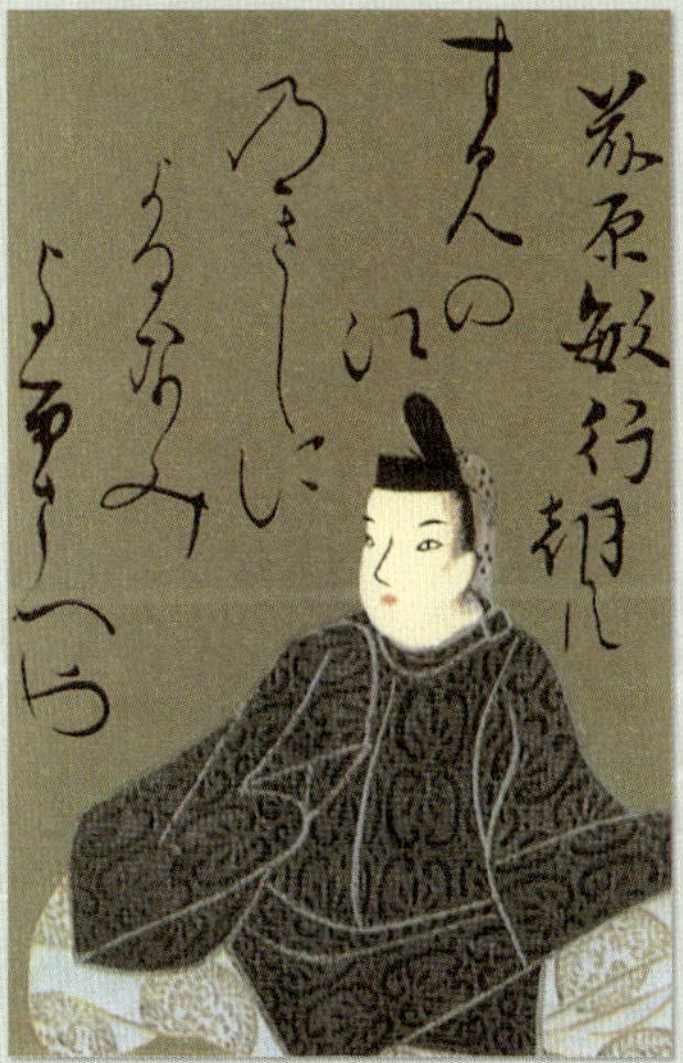

18

住《すみ》の江《え》の岸《きし》に寄《よ》る波《なみ》よるさへ《エ》や
夢《ゆめ》の通《かよ》ひ《イ》路《ぢ》《ジ》人目《ひとめ》よくらむ《ン》

——藤原《フジワラ》 敏行朝臣《ふぢはらのとしゆきのあそん》

意味 住の江の岸には波が寄るというのに、その「寄る」ならぬ「夜」までも、夢の通い路での人目を避けて、私に逢《あ》ってくれないのだろうか。

ポイント 作者は男だが、女の立場になりきって詠んだ歌。作者の藤原敏行は、能書家としても有名で、二百部あまりの法華経を書写したが、魚を食べ、女と関係を持ちながら書写した罪で、地獄に堕ちたという説話もある。

19

——伊勢《いせ》

難波《なには》潟《がた》短《みじか》き蘆《あし》の節《ふし》の間《ま》も
逢《あ》は《ワ》でこの世《よ》を過《す》ぐしてよとや

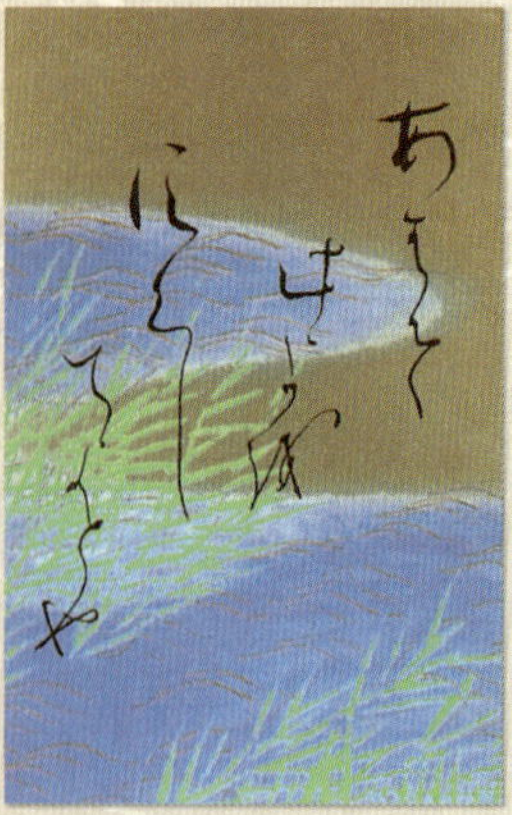

意味 難波潟に生えている蘆の短い節と節との間のように、ほんの短い間も逢わないで、この世を過ごせよとおっしゃるのですか。

ポイント 伊勢は、宇多天皇の女御温子（藤原基経の娘）のもとに出仕し、温子の弟藤原仲平、続いて仲平の実兄である時平と恋愛関係となる。後に宇多天皇の寵愛を受け、皇子を出産している。美貌と才気に富んだ女性。

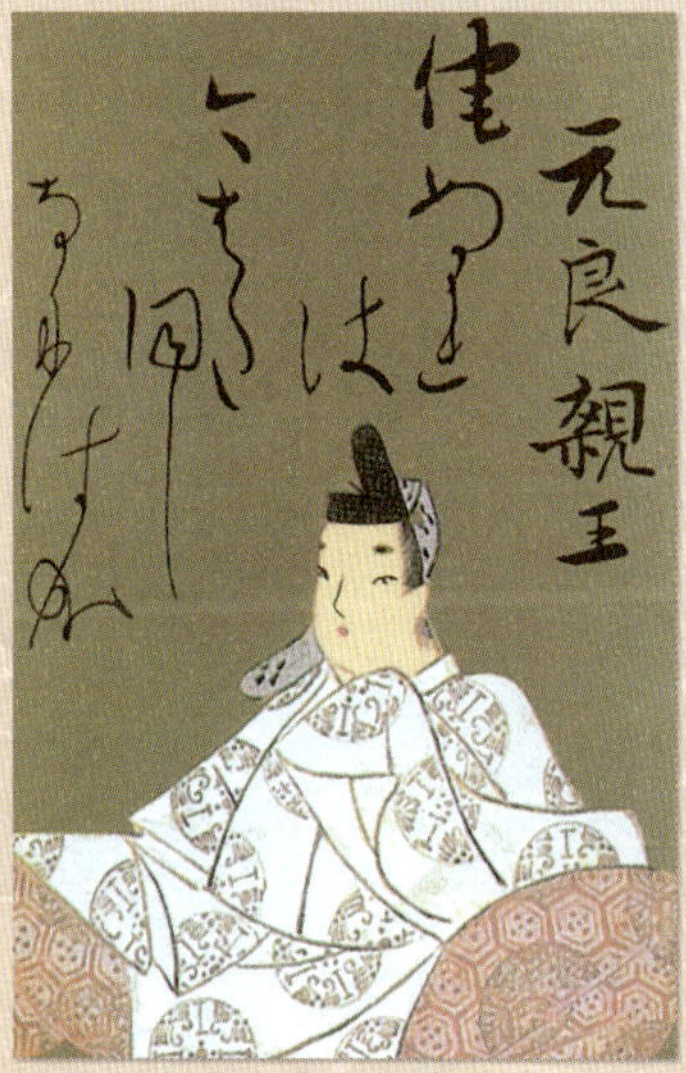

20

わびぬれば今《いま》はた同《おな》じ難波《なには》《ワ》なる
みをつくしても逢《あ》はむ《ワン》とぞ思《おも》ふ《ウ》

——元良親王《もとよししんわう》《ノウ》

意味 これほどつらい思いをしているのなら、今はもはや破滅したも同然です。難波にある澪標《みおつくし》のように、この身を破滅させても、あなたに逢いたいと思います。

ポイント 元良親王は、一三番作者陽成院の第一皇子であったが、父の失脚によって、即位の可能性がなくなった。プレイボーイであったらしく、『大和物語』などに数多くの恋愛話が載る。

21

――素性法師《そせいほふし》

今来《いまこ》む《ン》と言《い》ひ《イ》しばかりに長月《ながつき》の
有明《ありあけ》の月《つき》を待《ま》ち出《い》でつるかな

意味 あなたが「今すぐ行くよ」と言うから、私は今か今かと待ち続けて、九月の有明の月の出を待ち明かしてしまいましたよ。

ポイント 一八番同様、待つ女の立場になりきって詠んだ歌。作者は、一二番作者遍昭の子。出家後、雲林院に住み、後に大和国石上（奈良県天理市）の良因院に移った。宇多上皇の庇護を受け、和歌だけでなく、書も得意とした。

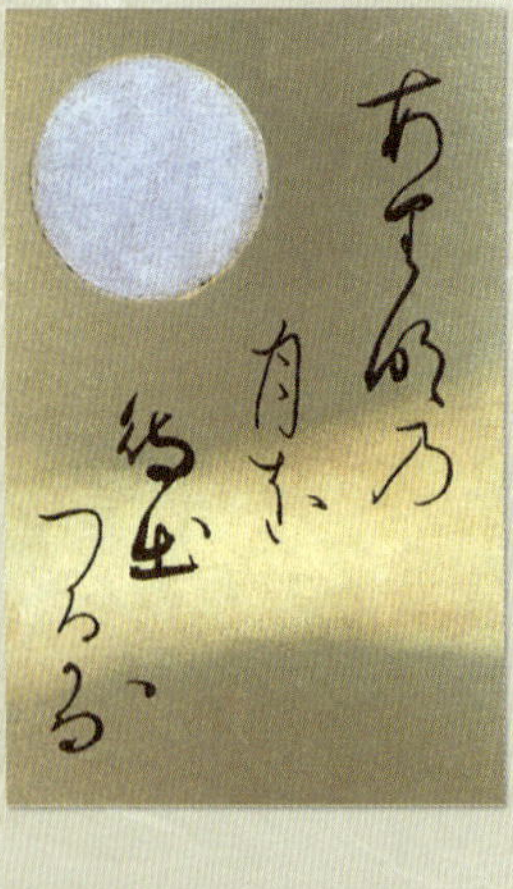

22

吹《ふ》くからに秋《あき》の草木《くさき》のしほ《オ》るれば
むべ山風《やまかぜ》をあらしといふ《ウ》らむ《ン》

——文屋康秀《ふんやのやすひで》

意味 吹くとすぐ、秋の草木がしおれるので、なるほど、それで山風を「荒らし」つまり「嵐」というのだろう。

ポイント 中国六朝時代に流行した離合詩の影響を受けた文字遊びである。「山」と「風」を合体させ、しかも草木を荒らすので、「嵐（あらし）」というのだと、漢字の成り立ちに納得してみせた一首。文屋康秀は、三七番作者朝康の父。この歌を子の朝康の作とする説もある。

23

月《つき》見《み》れば千《ち》々《ぢ》《ジ》にものこそ悲《かな》しけれ
わが身《み》ひとつの秋《あき》にはあらねど

――大江千《おほえのち》《オオ》里《さと》

意味 月を見ると、様々に、限りなく、悲しく感じられる。私一人のために訪れた秋というわけではないのに。

ポイント 漢字・漢詩文化を下敷きにした歌が続く。みごとな構成の歌だが、実は漢詩（白楽天の詩集『白氏文集』「燕子楼」の第一首の詩）を下敷きにしている。大江千里は漢学者としても知られ、宇多天皇の勅命により『句題和歌』を詠進した。

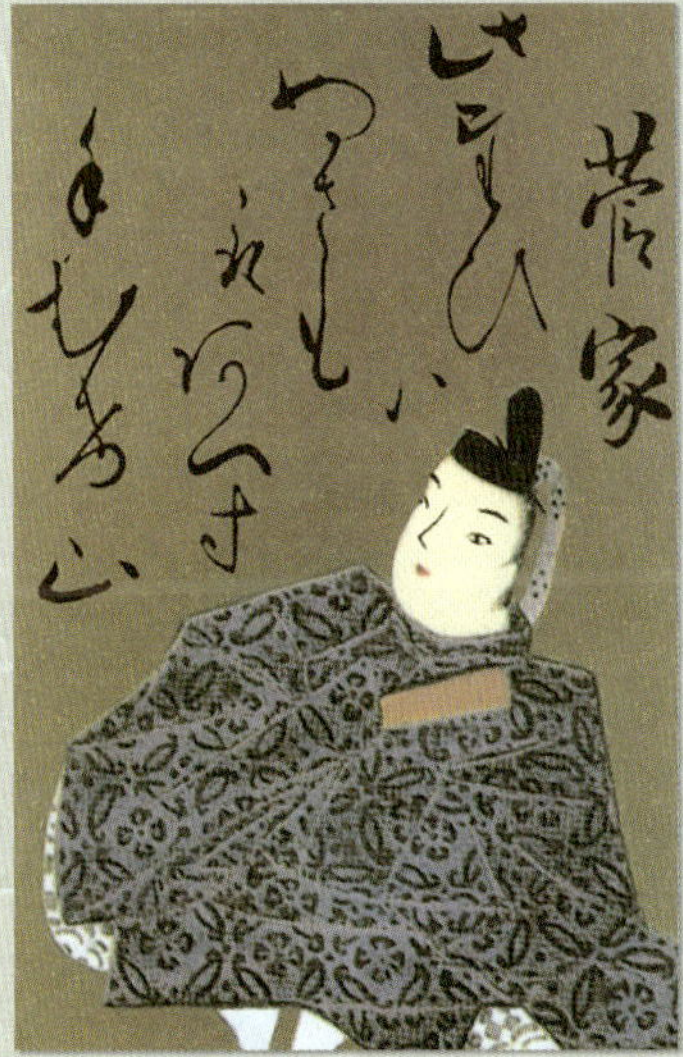

24

――菅家《くわんけ》《カン》

このたびは幣《ぬさ》も取《と》りあへ《エ》ず手《た》向山《むけやま》
紅葉《もみぢ》《モミジ》の錦神《にしきかみ》のまにまに

意味 今回の旅は、急なことでしたので、幣の用意もできませんでした。手向山の神様よ、この山の紅葉を御心のままにお受け取りください。

ポイント 宇多上皇の御幸に随伴した菅原道真の歌。幣とは五色の紙などを小さく切ったもので、道中の無事を祈って神に捧げたもの。山全体の紅葉を幣に見立てて、旅の神様に奉納するという、壮大なスケールの歌。（109頁参照）

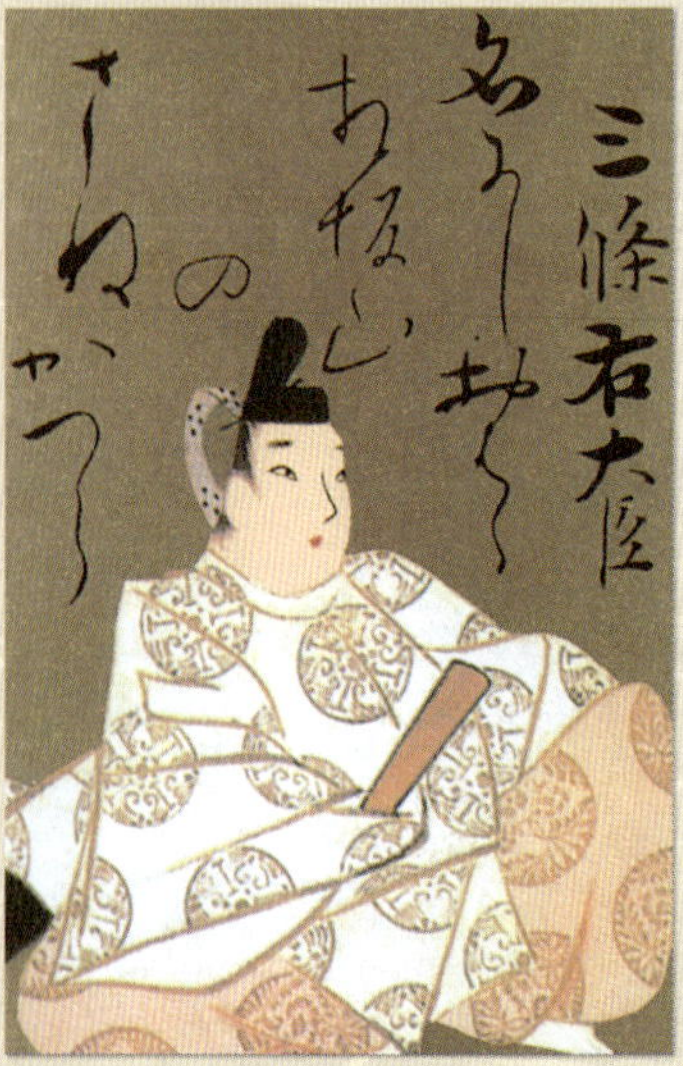

25

名《な》にし負《お》は《ワ》ば逢《あふ》《オウ》坂山《さかやま》のさねかづ《ズ》ら 人《ひと》に知《し》られでくるよしもがな

——三《さん》条《でう》《ジヨウ》右大臣《のうだいじん》

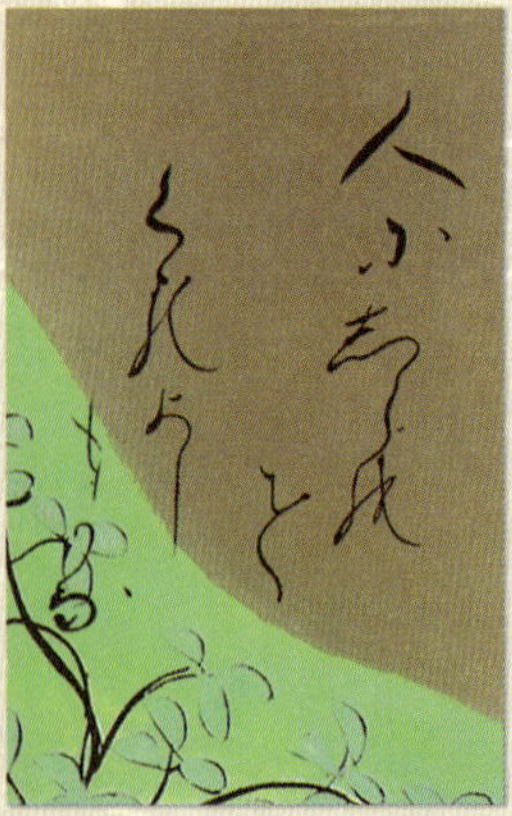

意味 逢坂山のさねかずらが、「逢う」「さ寝」という、その名のとおりであるならば、他の人に知られないで、手繰《たぐ》り寄せるように、あなたのところに訪ねて来る手立てがほしい。

ポイント 作者の藤原定方は、今でいう政府高官で風雅を愛する人気者。紀貫之などの歌人たちと親しく交流し、パトロン的役割を果たした。四四番作者の朝忠は、定方の子にあたる。

26

——貞信公《ていしんこう》

小《を》《オ》倉《ぐら》山《やま》峰《みね》の紅葉《もみぢ》《モミジ》ば心《こころ》あらば
今《いま》ひとたびのみゆき待《ま》たなむ《ン》

意味 小倉山の峰の紅葉よ、もしお前に心があるならば、今度は天皇の行幸《みゆき》があるので、それまでどうか散らずに待っていてほしい。

ポイント 作者の「貞信公」とは、藤原忠平のこと。宇多上皇（亭子院）が大井川を遊覧したときのこと、小倉山の紅葉が見事だったので、上皇はわが子醍醐天皇にも見せたいと願った。その意を受け、眼前の紅葉に呼びかけた歌。

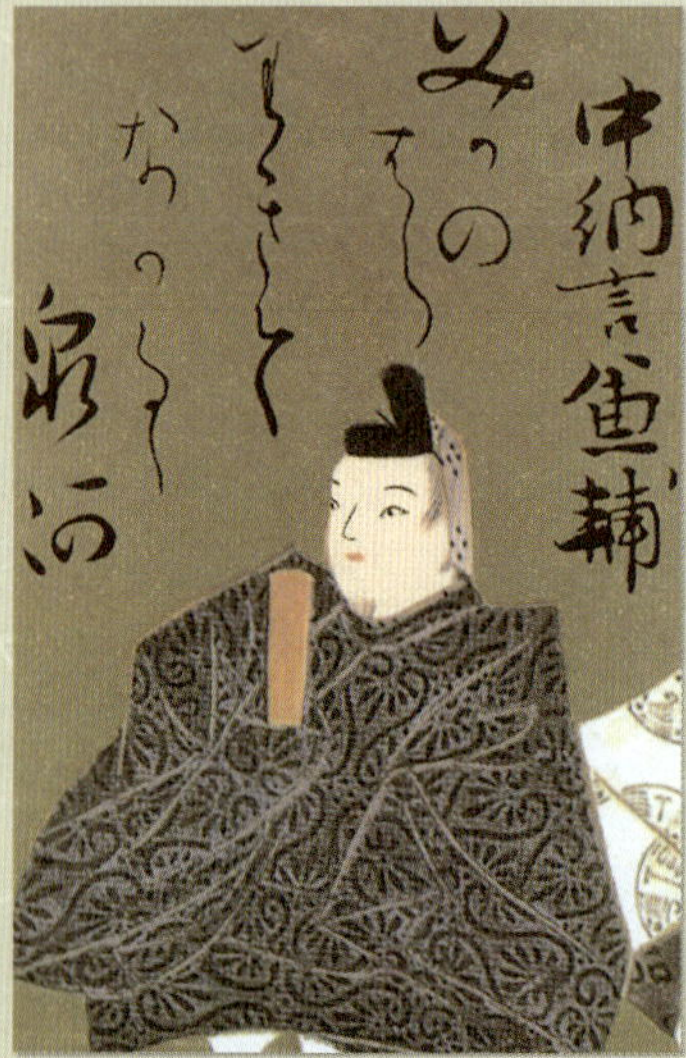

27

みかの原《はら》わきて流《なが》るるいづ《ズ》み川《がは》《ガワ》
いつ見《み》きとてか恋《こひ》《コイ》しかるらむ《ン》

——中納言兼輔《ちゅうなごんかねすけ》

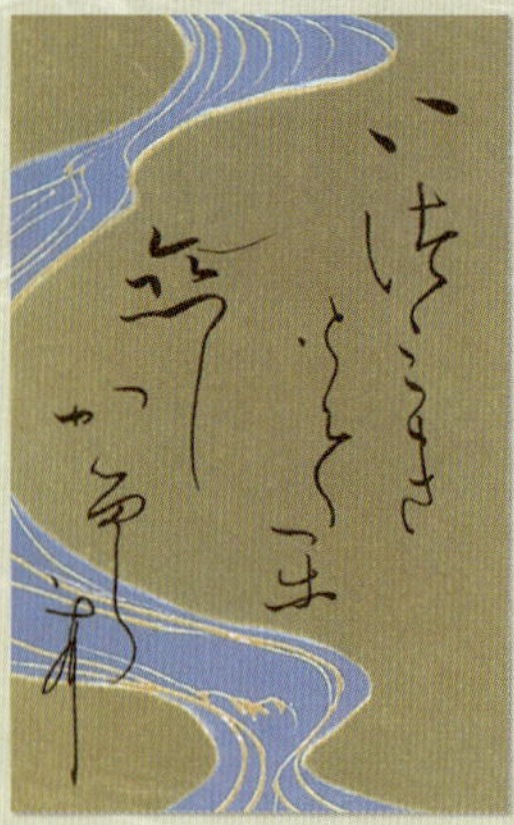

意味 みかの原を分けて湧き出て流れる泉川の、その「いつ」ではないが、いつ見たといって、こんなにも恋しいのだろうか。

ポイント 藤原兼輔は、五七番作者の紫式部の曾祖父。賀茂川の堤に邸宅があったので堤中納言と呼ばれた。邸宅には、歌人たちが集い、風雅な交流が行われた。見たことのない相手に恋い焦がれる、純情な恋を詠んだ歌。

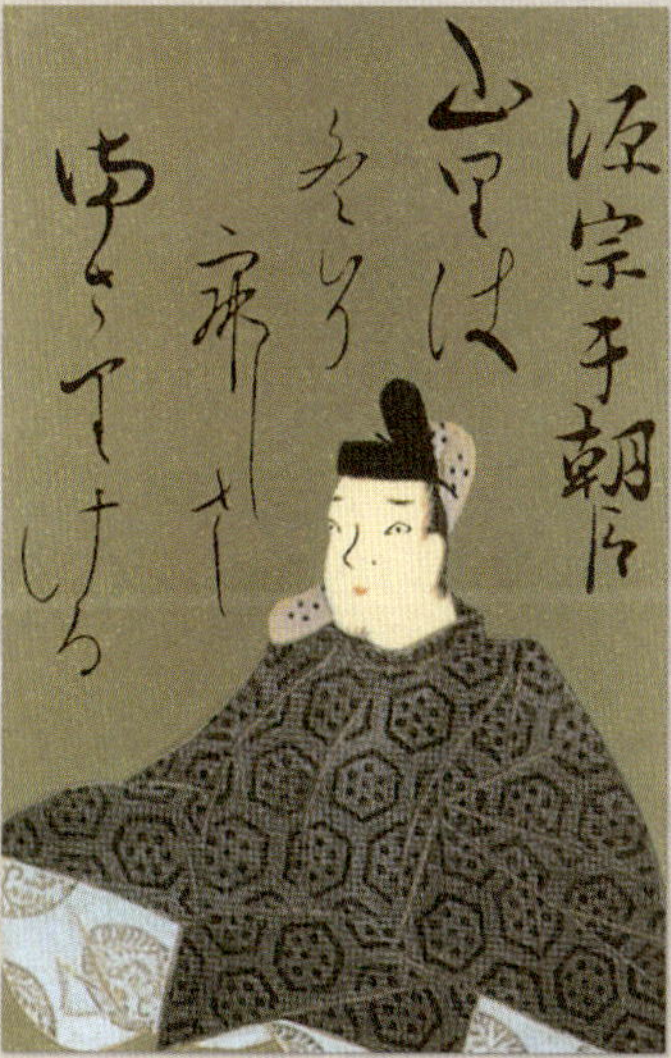

28

——源《みなもとの》　宗于朝臣《むねゆきのあそん》

山里《やまざと》は冬《ふゆ》ぞ寂《さび》しさまさりける
人目《ひとめ》も草《くさ》もかれぬと思《おも》へ《エ》ば

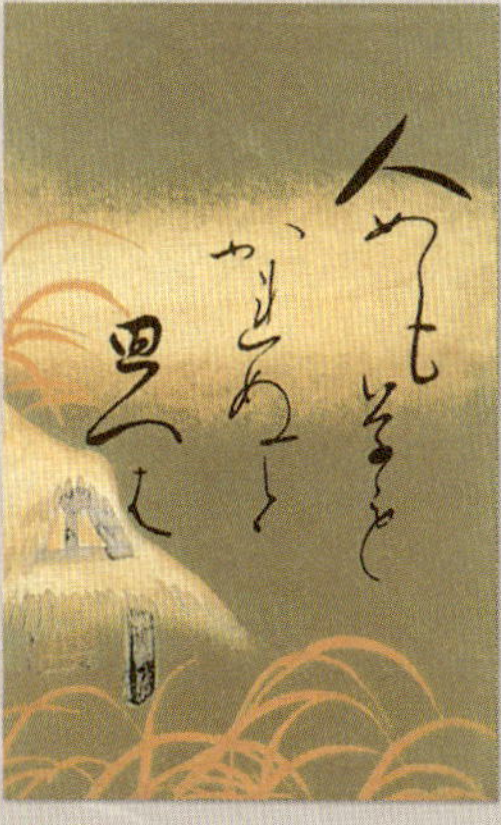

意味　山里は、冬こそ寂しさがいちだんとまさって感じられるなあ。人の訪れもなくなり、草も枯れてしまうと思うと。

ポイント　作者は、光孝天皇の皇子是忠親王の子で、源氏姓を賜って臣籍に下った。皇族として生まれながらも、世に出られなかった不遇意識を持っていたらしく、冬の山里の風景は、宗于の心情に近いものだったのかもしれない。

29

心《こころ》あてに折《を》《オ》らばや折《を》《オ》らむ《ン》初霜《はつしも》の 置《お》きまどは《ワ》せる白菊《しらぎく》の花《はな》

——凡河内《オオシコウチ》躬恒《おほしかふちのみつね》

意味 心をこめて折るならば折れるだろうか。初霜が置いて、目を惑わせる白菊の花を。

ポイント この歌は、白菊の花に初霜がおりた晩秋の風景を素材にしている。躬恒は、見立ての手法を用いて、白い菊と白い霜の境界線が消え、各々の白が混じりあう、幻想的な「白」の世界を表現した。三五番作者紀貫之と並び称される歌人で、『古今和歌集』撰者の一人。

30

有明《ありあけ》のつれなく見《み》えし別《わか》れより
暁《あかつき》ばかり憂《う》きものはなし

——壬生忠岑《みぶのただみね》

意味 有明の月が無情に見え、あなたも冷淡に思えた別れのときから、暁ほどつらいものはありません。

ポイント 定家と家隆が口をそろえて絶賛する『古今和歌集』の名歌。作者の忠岑は生涯卑官であったが、歌人としては世に認められ、三五番作者紀貫之らとともに『古今和歌集』の撰者もつとめた。四一番の作者壬生忠見の父にあたる。（110頁参照）

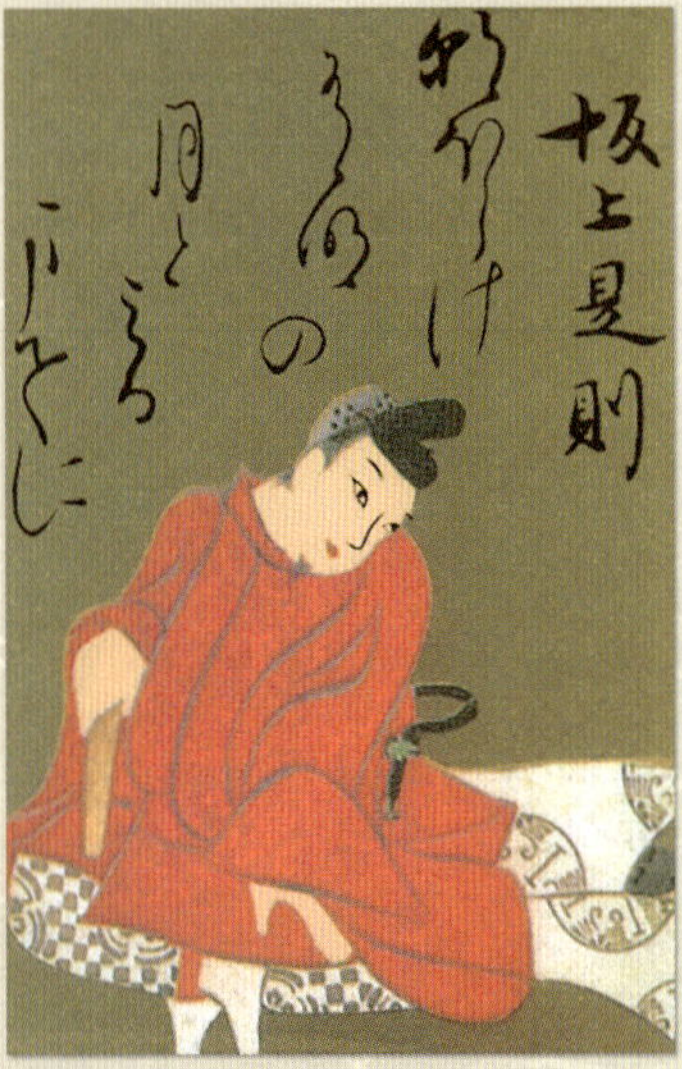

31

朝《あさ》ぼらけ有明《ありあけ》の月《つき》と見《み》るまでに
吉野《よしの》の里《さと》に降《ふ》れる白雪《しらゆき》

——坂上《さかのうへの》《ウエ》是則《これのり》

意味 明け方、有明の月かと見まがうまでに、吉野の里に降っている白雪よ。

ポイント この歌は、吉野の里に降り積もった白雪を見て、月光かと見紛ってみせた、見立ての一首。吉野は、多くの天皇の離宮があった地で、都人にとっては永遠の古里。作者は、延喜八年(九〇八)に大和権少掾として、大和国に下っているので、そのときの歌か。

32

——春道列樹《はるみちのつらき》

山川《やまがは》《ガワ》に風《かぜ》のかけたるしがらみは
流《なが》れもあへ《エ》ぬ紅葉《もみぢ》《モミジ》なりけり

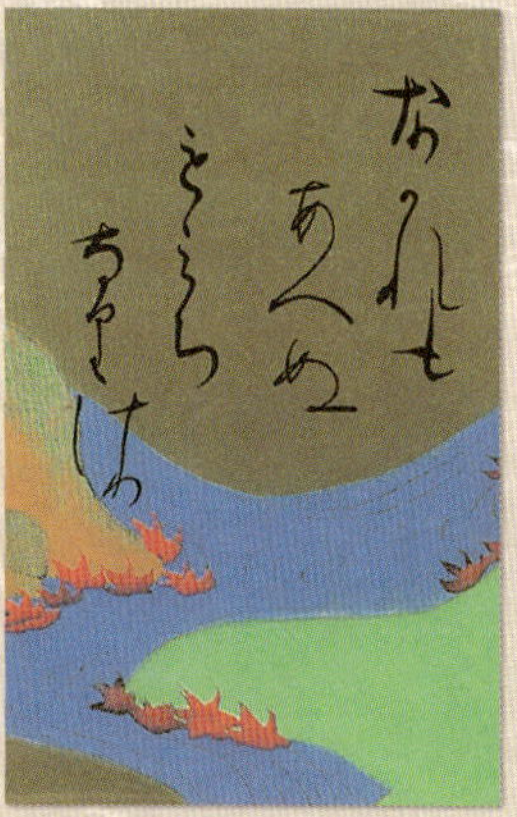

意味 山の中の川に、風がかけたしがらみとは、流れきらない紅葉のことだったのだ。

ポイント この歌は、「志賀の山越え」で詠まれたものである。京都の北白川から山中峠を越え、志賀の里(滋賀県大津市)に抜ける山道のことで、桜の名所であり、歌枕として有名。志賀寺(崇福寺)参詣の定番ルート。「しがらみ」は、川面に吹きためられた紅葉を柵に見立てたもの。

33

ひさかたの光《ひかり》のどけき春《はる》の日《ひ》に　しづ《ズ》心《こころ》なく花《はな》の散《ち》るらむ《ン》

――紀友則《きのとものり》

意味　日の光がのどやかな春の日に、どうして落ち着きなく桜の花は散るのだろうか。

ポイント　光の中で躍動的に美しく散る桜に、呆然と見入っている感がある。落花の風景が春の日の一点景として、描き出されている。作者の紀友則は、三五番作者の紀貫之のいとこで、『古今和歌集』撰者の一人であったが、完成前に没した。

34

誰《たれ》をかも知《し》る人《ひと》にせむ《ン》高砂《たかさご》の
松《まつ》も昔《むかし》の友《とも》ならなくに

――藤原《ふぢはらの》《フジワラ》 興風《おきかぜ》

意味 年老いた私は、いったい誰を知人とすればよいのだろうか。長寿で知られる高砂の松とても、昔からの友というわけではないので。

ポイント 『百人一首』では珍しく、長寿を嘆く歌である。高砂の松は、住吉の松と並び称される有名な松で、古く『古今和歌集』仮名序にも登場し、後には謡曲『高砂』の題材ともなった。作者は、平安時代前期の歌人。

35

人《ひと》はいさ心《こころ》も知《し》らずふるさとは
花《はな》ぞ昔《むかし》の香《か》に匂《にほ》ひ《ニオイ》ける

——紀貫之《きのつらゆき》

意味 人はさあ、あなたも含めて、心の内がわかりませんが、旧都奈良では、花は昔と変わらない香りで匂っていますよ。

ポイント 紀貫之は、『古今和歌集』撰者の中心的人物で、『古今和歌集』仮名序や、『新撰和歌集』という秀歌選を著し、和歌史の画期をなした。『土佐日記』の作者でもあり、仮名文学の先駆者となった。（110頁参照）

36

夏《なつ》の夜《よ》はまだ宵《よひ》《ヨイ》ながら明《あ》けぬるを
雲《くも》のいづ《ズ》こに月宿《つきやど》るらむ《ン》

――清原深養父《きよはらのふかやぶ》

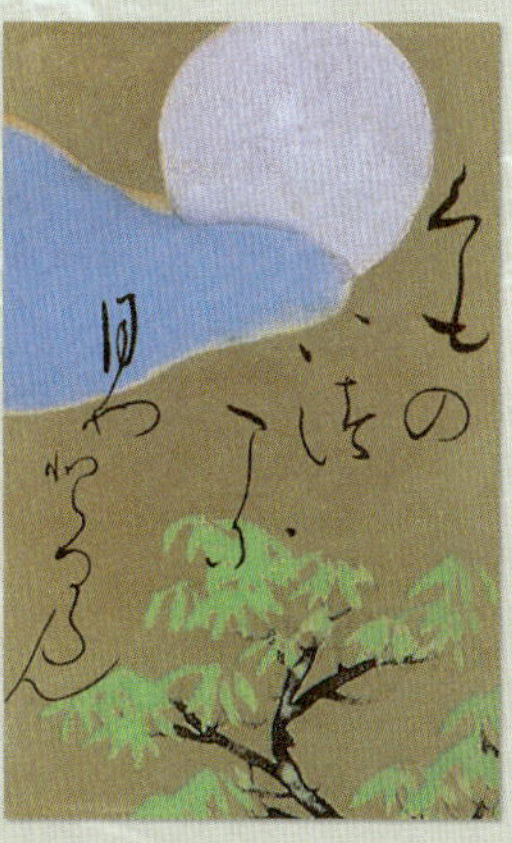

意味 夏の夜は短くて、まだ宵のうちに明けてしまったが、沈むのが間に合わなかった月は、いったい雲のどのあたりに宿っているのだろうか。

ポイント 作者の清原深養父は、四二番作者清原元輔の祖父、六二番作者清少納言の曾祖父にあたる。夏の短い夜が白々と明け始め、まだ沈んでいない月が一瞬雲に隠れた。作者はその一瞬をとらえたのだ。

37

——文屋朝康《ふんやのあさやす》

白露《しらつゆ》に風《かぜ》の吹《ふ》きしく秋《あき》の野《の》は
つらぬきとめぬ玉《たま》ぞ散《ち》りける

意味 草葉の上の白露に風がしきりに吹きつける秋の野は、まるで緒を通していない真珠の玉が乱れ散ったようだなあ。

ポイント 白露の玉の乱れは、魂の動揺や消失を暗示する。朝康の歌が喚起するはかなさや悲痛なイメージは、「玉」が「魂」を喚起し、死をイメージさせるからなのだ。美しいと同時に、悲しい風景である。

38

――右近《うこん》

忘《わす》らるる身《み》をば思《おも》は《ワ》ず誓《ちか》ひ《イ》てし
人《ひと》の命《いのち》の惜《を》《オ》しくもあるかな

意味　忘れられてしまうわが身のことはなんとも思いませんが、私との愛を神に誓ったあなたの命が、神罰で失われるのではないかと気がかりです。

ポイント　右近は、元良親王（二〇番作者）、藤原敦忠（四三番作者）、藤原朝忠（四四番作者）らと恋愛関係にあったらしい。この歌の相手は藤原敦忠か。一見恋人の身を案じながら、実は脅しのようにも聞こえる歌。

39

浅茅《あさぢ》《ジ》生《ふ》《ウ》の小《を》《オ》野《の》の篠原《しのはら》しのぶれど
あまりてなどか人《ひと》の恋《こひ》《コイ》しき

——参議等《さんぎひとし》

意味 浅茅の生えた小野の篠原、その「しの」のように、忍びこらえてきたが、今は忍びきれず、思い余って、どうしてこんなにもあなたが恋しいのか。

ポイント 源等は、さほど有名な歌人ではなかったので、この歌のすばらしさで撰ばれたのだろう。あふれ出る恋心を抑えきれない人間の不条理さ、不可思議さは、まさに中世の「艶」（最高の美）の世界を体現している。

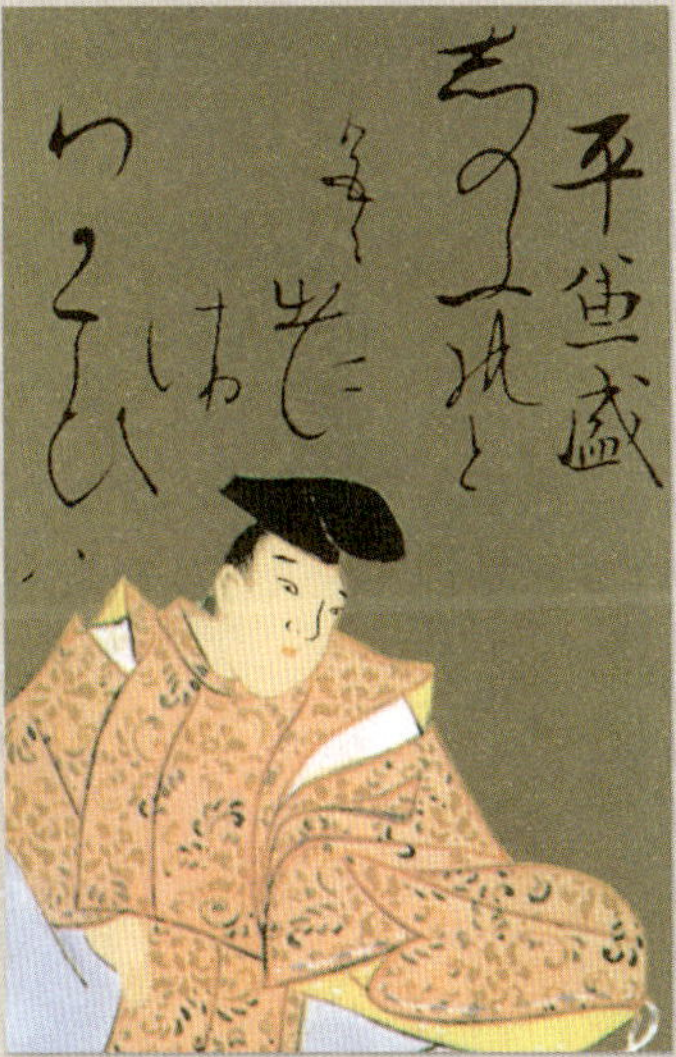

40

忍《しの》ぶれど色《いろ》に出《い》でにけりわが恋《こひ》《コイ》は
ものや思《おも》ふ《ウ》と人《ひと》の問《と》ふ《ウ》まで

——平《たひらの》《タイラ》兼盛《かねもり》

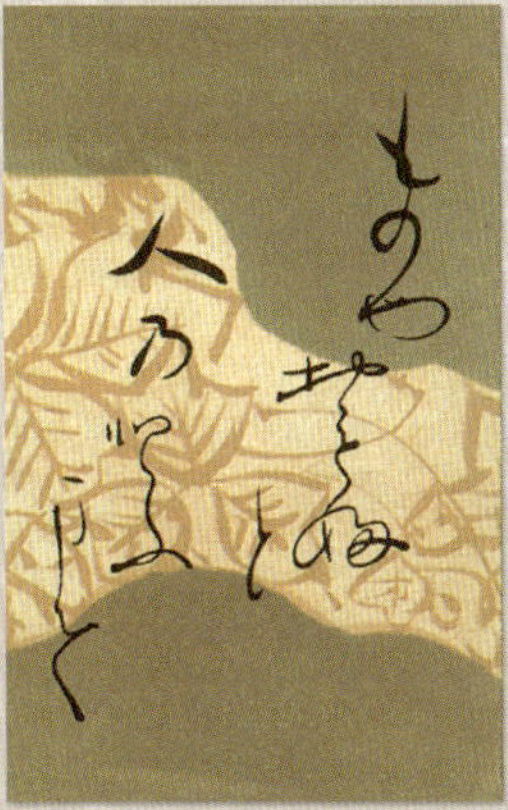

意味 隠していても、やはり態度に表れてしまったのだなあ、私の恋は。「恋をしているのでは?」と、人が尋ねるまでに。

ポイント 作者は、村上・冷泉・円融・花山・一条天皇と、五代の長きにわたって活躍した歌人であるが、かなり苦吟型だったらしい。五九番作者赤染衛門の実父ともいわれている。「天徳内裏歌合」で、四一番に勝った歌。(111頁参照)

41

恋《こひ》《コイ》すてふ《チョウ》わが名《な》はまだき立《た》ちにけり
人知《ひとし》れずこそ思《おも》ひ《イ》そめしか

――壬生忠見《みぶのただみ》

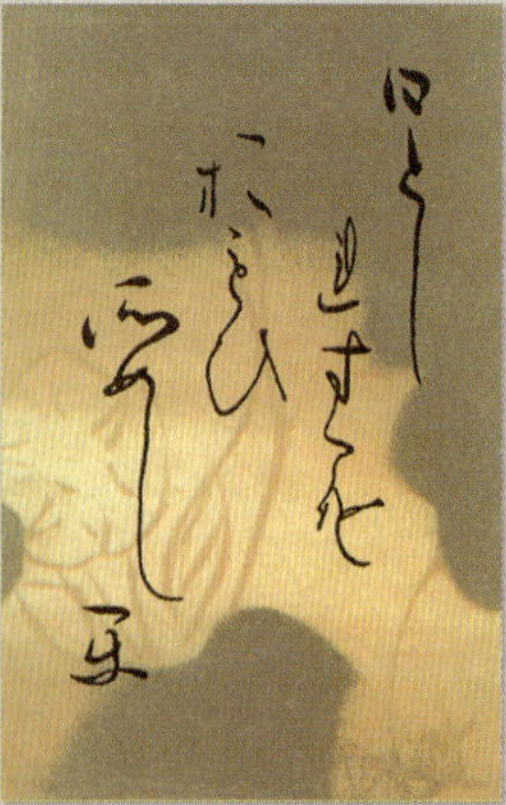

意味 恋しているという評判が早くも立ってしまった。誰にも知られず、あの人を思い初めたばかりだというのに。

ポイント 壬生忠見は、三〇番作者壬生忠岑の子。村上天皇の代に活躍した。地方官として赴任したり、旅をしたりする、苦労の多い生活を送っていたらしい。そうした生活の苦労を詠んだ歌も数多く残されている。（111頁参照）

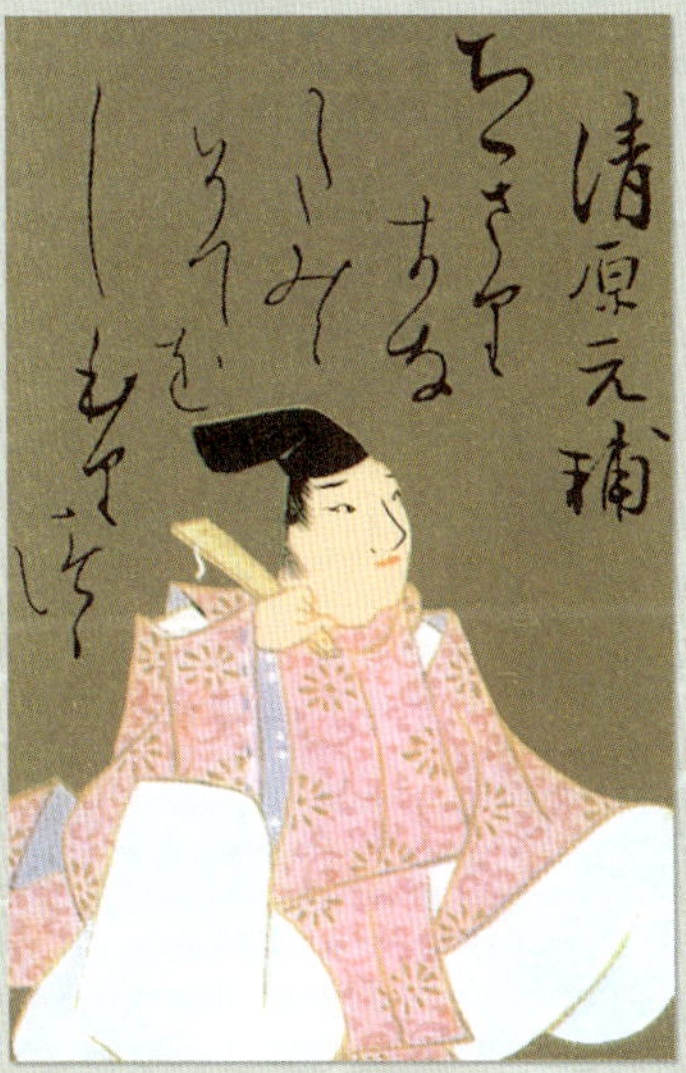

42

――清原元輔《きよはらのもとすけ》

契《ちぎ》りきなかたみに袖《そで》をしぼりつつ
末《すゑ》《スエ》の松山《まつやま》波越《なみこ》さじとは

意味 約束しましたよね。お互いに涙のたまった袖をしぼりながら、あの末の松山を波が越えることがないように、私たちの愛も決して将来変わることがないことを（それなのに、あなたは変わってしまった）。

ポイント 清原元輔は、三六番作者清原深養父の孫、六二番作者清少納言の父にあたる。『後撰和歌集』の撰者。『万葉集』の訓点をつけるなど、当代を代表する歌人で、学者でもあった。

43

権中納言敦忠《ごんちゅうなごんあつただ》

逢《あ》ひ《イ》見《み》てののちの心《こころ》にくらぶれば
昔《むかし》はものを思《おも》は《ワ》ざりけり

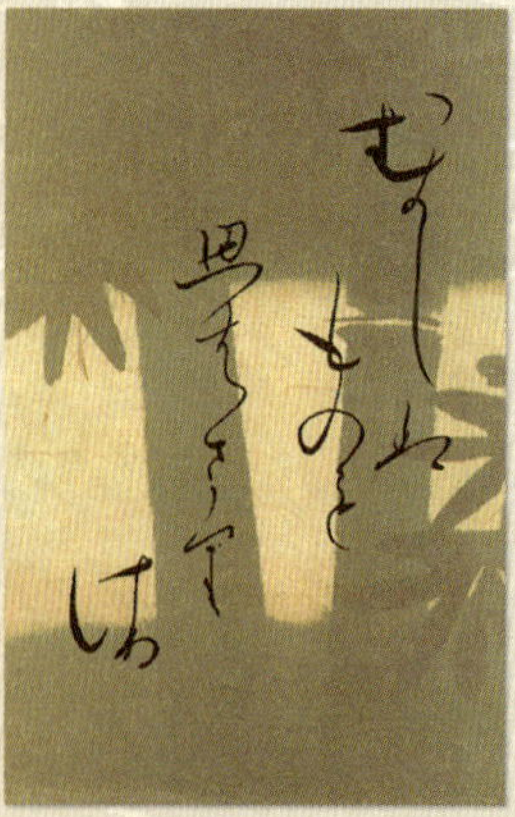

意味 あなたに逢って愛し合った後の、苦しいこの胸の内に比べたら、昨日までの物思いなんて、物の数でもなかったことですよ。

ポイント 藤原敦忠は、左大臣時平の息子。一七番作者在原業平は、母方の曾祖父にあたる。美男子で人柄もよく、和歌、管弦に優れていた。数多くの女性と恋愛関係にあり、三八番作者の右近もその一人。

44

逢《あ》ふ《ウ》ことのたえてしなくはなかなかに
人《ひと》をも身《み》をも恨《うら》みざらまし

——中納言朝忠《ちゅうなごんあさただ》

意味 逢うことが全くないならば、かえってあの人の冷たさや自分の不幸を恨むということもなかっただろうに。

ポイント この歌は歌合の題詠だったので、現実の恋と直接結びついてはいないが、四三番と似通った発想であり、配列は意図的か。作者の藤原朝忠は、二五番作者定方の子で、笙・笛などの名手でもあった。三八番作者右近をはじめ、多くの女性と恋愛関係にあった。

45

あはれ《ワ》ともいふ《ウ》べき人《ひと》は思《おも》ほ《オ》えで
身《み》のいたづ《ズ》らになりぬべきかな

——謙徳公《けんとくこう》

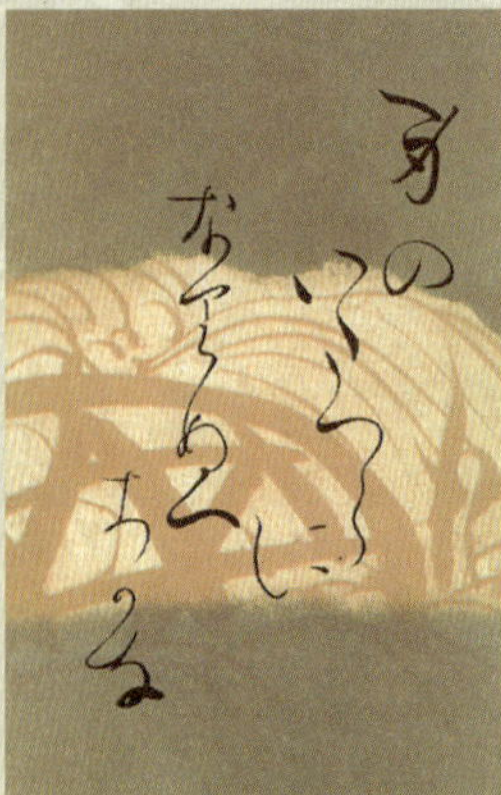

意味　「かわいそうに」と言ってくれる人がいるとも思えず、この身は恋のために死んでしまいそうです。

ポイント　この歌の作者藤原伊尹(これまさ、またはこれただ)は、右大臣師輔の子で、二六番作者貞信公忠平の孫、五〇番作者の義孝の父にあたる。有力政治家の家に生まれ、御曹司として、きわめて華やかな生活を送っていた。容貌にも学才にも恵まれ、恋多き男性であった。

46

由良《ゆら》の門《と》を渡《わた》る船人《ふなびと》梶《かぢ》《カジ》を絶《た》え
行方《ゆくへ》《エ》も知《し》らぬ恋《こひ》《コイ》の道《みち》かな

——曾禰好忠《そねのよしただ》

意味 由良の門を漕《こ》いで渡る船人が、櫂《かい》がなくなって、どこへ漕いでいっていいのか、行方がわからないように、これからどうしていいのか、途方にくれる恋の道だよ。

ポイント 好忠は、世俗の常識にこだわらず、新しい歌の世界を切り開いた異色の歌人。奇行も多かったらしい。「由良の門」は現在の京都府宮津市の由良川の河口。

47

八《や》重《へ》《エ》葎《むぐら》茂《しげ》れる宿《やど》のさびしきに
人《ひと》こそ見《み》えね秋《あき》は来《き》にけり

——恵慶法師《ゑぎやうほふし》《エギョウホウ》

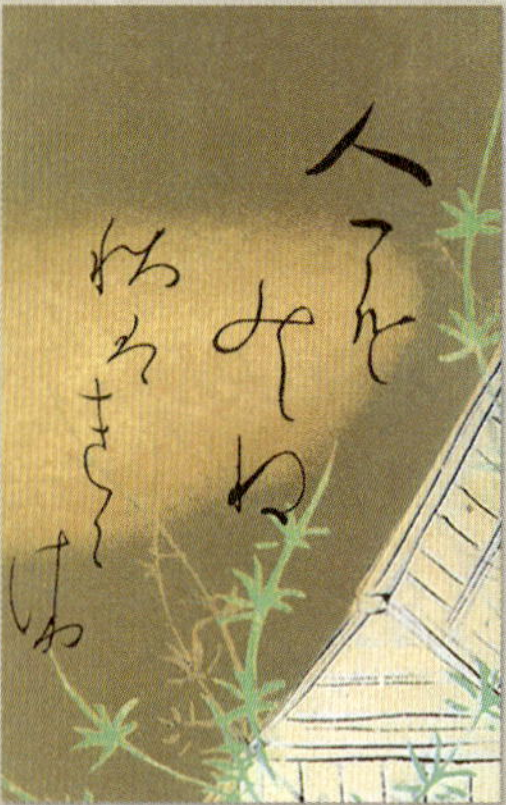

意味　幾重にも雑草が茂ったこの家は寂しいので、人は誰も訪れないけれども、秋だけは確かにやってきたのだった。

ポイント　廃園となった、かつての文化の中心河原院(一四番参照)で、失われた王朝をいとおしみながら、人間の営みのはかなさを嘆いた歌。この嘆きが中世になると、「艶」「幽玄」ということばで表現されるようになる。

48

風《かぜ》をいたみ岩《いは》《イワ》打《う》つ波《なみ》のおのれのみ
くだけて物《もの》を思《おも》ふ《ウ》こころかな

――源《みなもとの》　重之《しげゆき》

意味 風が激しいので、岩に打ち寄せる波が自分だけ砕け散るように、相手は平然としているのに、私だけが砕け散るような、恋の物思いをしていることよ。

ポイント 「くだけて物を思ふ」は、物思いの激しさを表現したもの。当時流行していた言い回しで、他の歌人にも類例が見られる。作者は清和天皇の皇子貞元親王の孫。

49

——大《おほ》《オオ》中臣《なかとみの》 能宣《よしのぶ》朝臣《あそん》

御《み》垣守《かきもり》衛《ゑ》《エ》士《じ》のたく火《ひ》の夜《よる》は燃《も》え
昼《ひる》は消《き》えつつものをこそ思《おも》へ《エ》

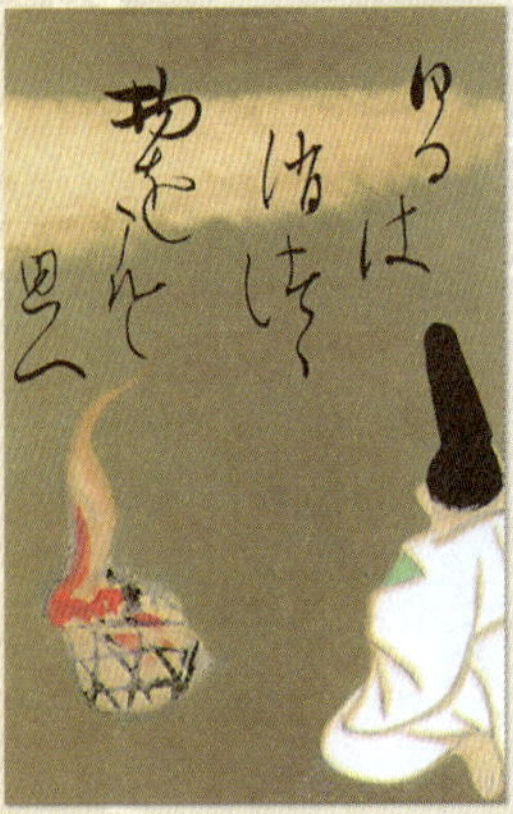

意味 宮中の門番をする衛士が焚《た》くかがり火が、夜は赤々と燃え、昼は消え入るように、私の心も夜は燃え、昼は消え入るようにして、日々恋の物思いをしていることよ。

ポイント 能宣は、伊勢神宮の祭主の家柄で、代々歌人を輩出した大中臣家の出身。六一番伊勢大輔の祖父にあたり、『後撰和歌集』撰者の一人。この歌は、能宣作かどうか疑問視されている。

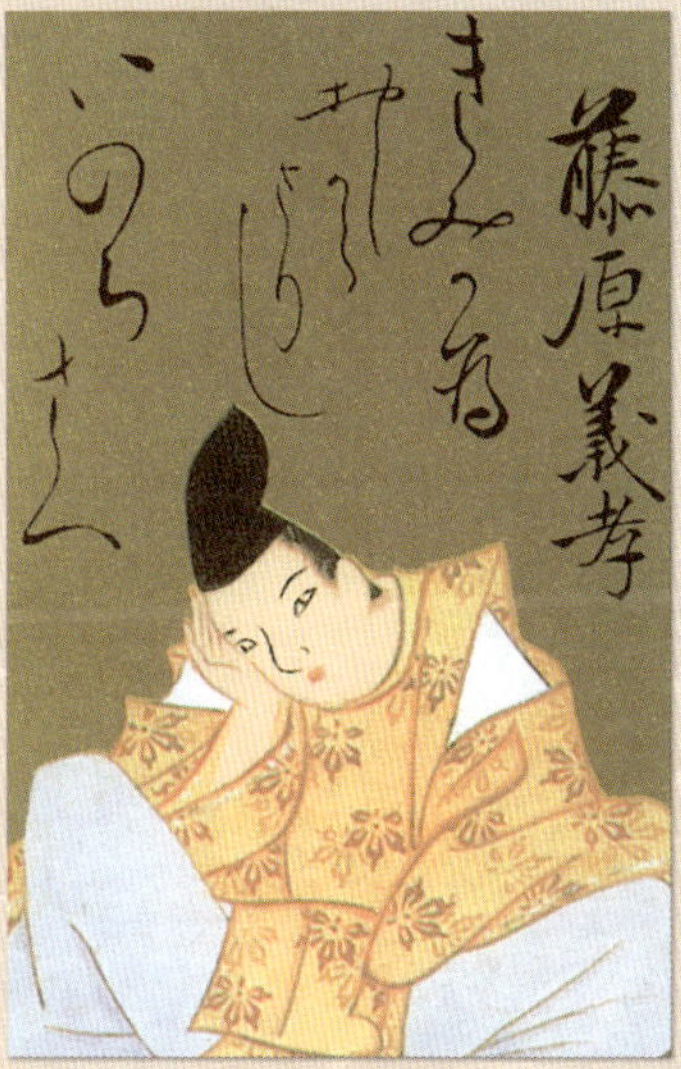

50

君《きみ》がため惜《を》《オ》しからざりし命《いのち》さへ《エ》
長《なが》くもがなと思《おも》ひ《イ》けるかな

——藤原義孝《ふぢはらのよしたか》《フジワラ》

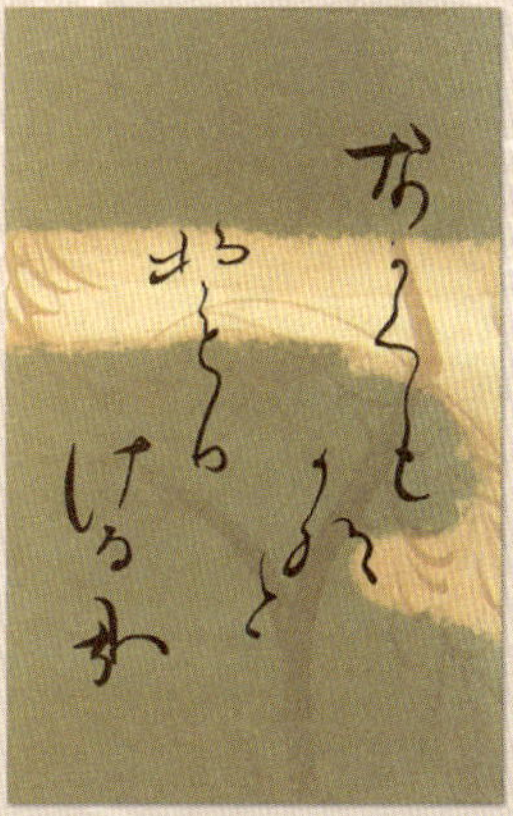

意味 あなたに逢うためなら捨てても惜しくもないと思っていた我が命だったけれども、あなたに逢えた今朝は、その命までも長くあって、逢い続けたいと思うようになりました。

ポイント 作者は、四五番作者謙徳公（伊尹）の息子にあたる。美貌の貴公子であったが、この歌の願いとは裏腹に、二十一歳の若さで他界する。この歌素直で純情な気持ちをさらりと詠んだ恋歌。

51

かくとだにえやはいぶきのさしも草《ぐさ》
さしも知《し》らじな燃《も》ゆる思《おも》ひ《イ》を

――藤原《フジワラ》実方朝臣《ふぢはらのさねかたあそん》

意味 このようにあなたに恋しているとさえ、言うことができません。だから、伊吹《いぶき》山のさしも草が燃える火のように、これほどにも燃える思いであることを、あなたは、知らないでしょうね。

ポイント 実方は二十六番作者忠平の曾孫。円融・花山両天皇に仕え、出世街道を走っていたが、後に陸奥守に任ぜられ、任国で没した。死後雀となって宮中に戻ったという伝承もある。

52

明《あ》けぬれば暮《く》るるものとは知《し》りながら
なほ《オ》恨《うら》めしき朝《あさ》ぼらけかな

――藤原《フジワラ》道信朝臣《ふぢはらのみちのぶあそん》

意味 夜が明けると、また、いずれ日が暮れるときがくるものだとはわかっていても、やはり恨めしい朝ぼらけだなあ。

ポイント 道信は、四五番作者謙徳公伊尹の娘を母に持つ。一条天皇時代の和歌界で活躍し、容貌・才能ともにすばらしかったが、二十三歳の若さで他界し、惜しまれたという。「朝ぼらけ」は夜明の薄明るい頃、恋人との別れの時。

53

嘆《なげ》きつつひとり寝《ぬ》る夜《よ》のあくる間《ま》は
いかに久《ひさ》しきものとかは知《し》る

――右大将《うだいしやう》《シヨウ》道綱《みちつな》 母《のはは》

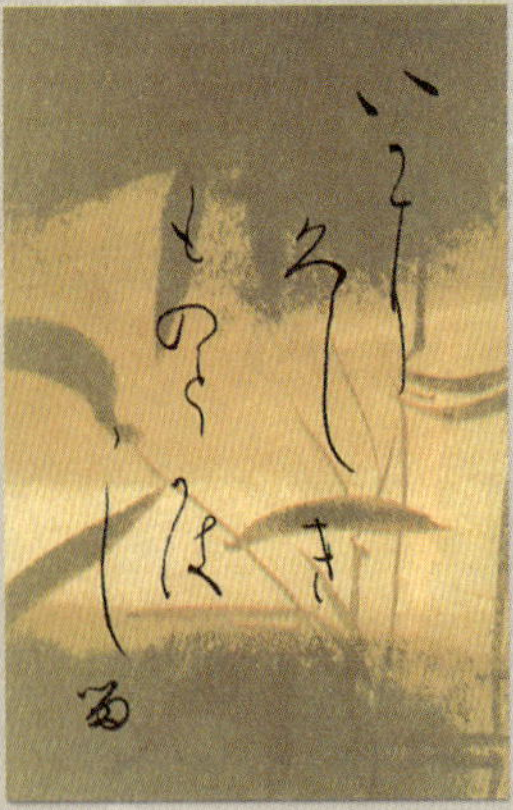

意味 嘆きながら一人で寝る夜が明けるまでの時間は、どんなに長いものか、あなたにはおわかりにならないでしょうね。

ポイント 作者は、陸奥守藤原倫寧（ともやす）の娘で菅原孝標女の伯母にあたる。本朝三美人の一人と伝えられている。大物政治家藤原兼家と結婚し、道綱を産んだ。『蜻蛉日記』の作者としても知られている。（112頁参照）

54

――儀同三司母《ぎどうさんしのはは》

忘《わす》れじの行《ゆ》く末《すゑ》《スエ》までは かたければ
今日《けふ》《キョウ》をかぎりの命《いのち》ともがな

意味 どんなに忘れないとおっしゃっても、将来のことはあてにしがたいので、そうおっしゃってくださる今日が最後の命であってほしいものです。

ポイント 「儀同三司」は子息伊周、その母の高階貴子が作者。中関白藤原道隆（兼家の嫡男）と結婚し、伊周・隆家・一条天皇中宮定子らを産んだ。没落貴族の家に生まれ、苦労した女性で、お坊ちゃん育ちの夫道隆を内側から支えた。

55

大納言《だいなごん》公任《きんたふ》《トウ》

滝《たき》の音《おと》は絶《た》えて久《ひさ》しくなりぬれど
名《な》こそ流《なが》れてなほ《オ》聞《き》こえけれ

意味 滝の水音は、絶えてから長い年月がたったけれども、その名声は今も世間に流れ、聞こえてくることよ。

ポイント この歌は、藤原道長の大覚寺滝殿遊覧に随行したときに詠まれたもの。藤原公任は、関白太政大臣頼忠の子で、四条大納言と呼ばれる。漢詩・和歌・管弦に優れ、博学で、有職故実にも通じていた。撰集に『拾遺抄』『和漢朗詠集』、家集に『公任集』がある。

56

——和泉《いづみ》《イズミ》式部《しきぶ》

あらざらむ《ン》この世《よ》のほかの思《おも》ひ《イ》出《いで》に
今ひとたびの逢《あ》ふ《ウ》こともがな

意味 私はもうすぐ死んで、この世からいなくなるでしょう。あの世への思い出として、せめてもう一度だけあなたにお逢いしたいのです。

ポイント 五六番から六二番まで、平安時代に活躍した女性歌人たちがずらりと並ぶ。和泉式部は、その身体表現、官能性、豊かな表現力において、他の歌人とは一線を画する、独自の恋歌の世界を形成した。（113頁参照）

57

紫式部《むらさきしきぶ》

めぐり逢《あ》ひ《イ》て見《み》しやそれとも分《わ》かぬ間《ま》に
雲隠《くもがく》れにし夜《よ》半《は》《ワ》の月《つき》かげ

意味 やっとめぐり逢って、見たのが月だったのかどうかもわからないうちに雲の中に隠れてしまった夜半の月よ。同じように、久しぶりに出会ったのに、幼友達のあなただったのか見分けられないうちに、あなたは姿を隠してしまいましたね。

ポイント 紫式部は五八番作者大弐三位の母。親子の歌が並んでいる。『源氏物語』の作者として有名だが、歌人でもあった。（113頁参照）

58

有馬《ありま》山《やま》猪《ゐ》《イ》名《な》の笹原《ささはら》風《かぜ》吹《ふ》けば
いでそよ人《ひと》を忘《わす》れやはする

――大弐三位《だいにのさんみ》

意味 有馬山から猪名の笹原へと風が吹きおろすので、笹の葉がそよそよとそよぐ。そうですよ、そのように、私はあなたのことを忘れなどするでしょうか、忘れはしません。

ポイント 作者は、五七番作者紫式部の娘。一条天皇中宮彰子に仕え、後に後冷泉天皇の乳母となって、従三位に叙せられた。大宰大弐高階成章の妻となったため、大弐三位と呼ばれた。

59

やすらは《ワ》で寝《ね》なましものをさ夜《よ》ふけて
かたぶくまでの月《つき》を見《み》しかな

――赤染《あかぞめ》衛《ゑ》《エ》門《もん》

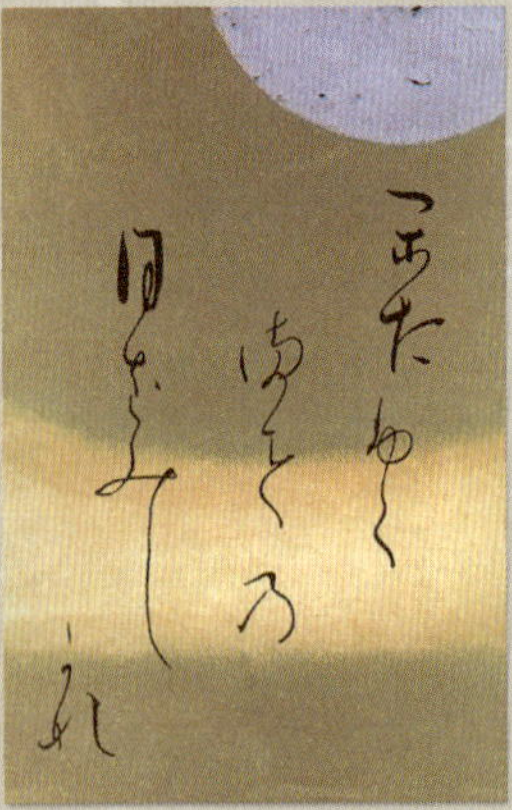

意味 ぐずぐずとあなたの訪れを待ったりせず、さっさと寝てしまえばよかったのに、夜が更けて、西の山に傾くまで月を見てしまいました。

ポイント 作者は、文章博士大江匡衡の妻で、七三番作者大江匡房の曾祖母にあたる。藤原道長の妻倫子に仕え、後に一条天皇中宮彰子にも仕えた。藤原道隆（五四番作者の夫）と恋仲だった姉妹に代わって詠んだ歌。

60

大江《おほえ》《オオ》山《やま》いく野《の》の道《みち》の遠《とほ》《トオ》ければ まだふみも見《み》ず天《あま》の橋立《はしだて》

――小式部内侍《こしきぶのないし》

意味 母の住む丹後国《たんご》は、大江山を越え、生野《いくの》を通って行く道のりが遠いので、まだかの有名な天の橋立を踏んでみたこともありませんし、母からの手紙も届いておりません。

ポイント 作者は五六番作者和泉式部と橘道貞の娘で、一条天皇中宮彰子に仕えた。「母の代作か」と皮肉を言われたときに返した歌。後に、母を残して早世してしまう。（114頁参照）

61

伊勢大輔《いせのたいふ》

いにしへ《エ》の奈良《なら》の都《みやこ》の八《や》重《へ》《エ》桜《ざくら》
けふ《キヨウ》九重《ここのへ》《ココノエ》ににほ《オ》ひ《イ》ぬるかな

意味　古京奈良の都で咲いていた八重桜が、今日は新しい都京都に献上されて、九重の宮中で美しく咲き誇っていますよ。

ポイント　作者は、伊勢神宮の祭主を代々つとめ、歌人を輩出してきた大中臣家の娘。この歌は、重代の家の娘が、華やかな一条天皇中宮彰子サロンに初登場したときに詠まれた。そこで百点満点の秀歌を披露し、家の名誉も守ったのだ。

62

清《せい》少《せう》《シヨウ》納《な》言《ごん》

夜《よ》をこめて鳥《とり》のそら音《ね》ははかるとも
よに逢坂《あふさか》《オウ》の関《せき》はゆるさじ

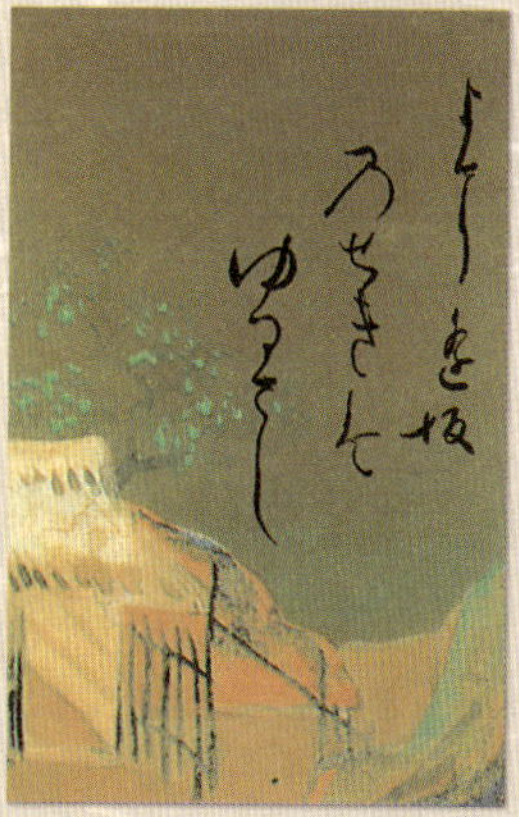

意味 夜が明けていないのに、かの孟嘗君《もうしょうくん》の食客のように、鶏の泣き真似をしてだましても、逢坂の関の関守はだまされませんし、私も、すぐ戸を開けてあなたと逢ったりはしませんよ。

ポイント 作者は、四二番清原元輔の娘で、三六番深養父の曾孫にあたる。橘則光と結婚するが離別。二十八歳頃中宮定子に出仕し、『枕草子』を書いた。（114頁参照）

63

今《いま》はただ思《おも》ひ《イ》絶《た》えなむ《ン》とばかりを
人《ひと》づてならでいふ《ウ》よしもがな

――左《さ》京《きやう》《キヨウ》大夫《だいぶ》道雅《みちまさ》

意味 今となってはただ、あなたのことをあきらめましょうと、その一言だけを、人伝《ひとづ》てではなく、直接あの人に言う方法があったらいいのになあ。

ポイント 作者は内大臣藤原伊周の子。父の失脚で中関白家が没落し、アウトロー的人生を歩むようになる。そんな作者が恋に落ちた相手が、六八番作者三条院の娘当子内親王。この歌は令嬢と不良青年の引き裂かれた恋を詠んだもの。

64

——権中納言定頼《ごんちゅうなごんさだより》

朝《あさ》ぼらけ宇《う》治《ぢ》《ジ》の川《かは》《カワ》霧《ぎり》たえだえに
あらは《ワ》れわたる瀬《せ》々《ぜ》の網《あ》代木《じろぎ》

意味 夜が白々と明ける頃、宇治川の川面《かわも》一面に立ちこめていた川霧があちらこちらでとぎれ始めて、その絶え間から次第に現れてくる、浅瀬にかけられた網代木よ。

ポイント 霧が晴れて、宇治川の網代が少しずつ見えてくる風景をとらえた、絵画のような歌。定頼は、五五番作者公任の子。小式部内侍や大弐三位、相模とも恋愛関係にあったらしい。

65

——相模《さがみ》

恨《うら》みわび干《ほ》さぬ袖《そで》だにあるものを
恋《こひ》《コイ》に朽《く》ちなむ《ン》名《な》こそ惜《を》《オ》しけれ

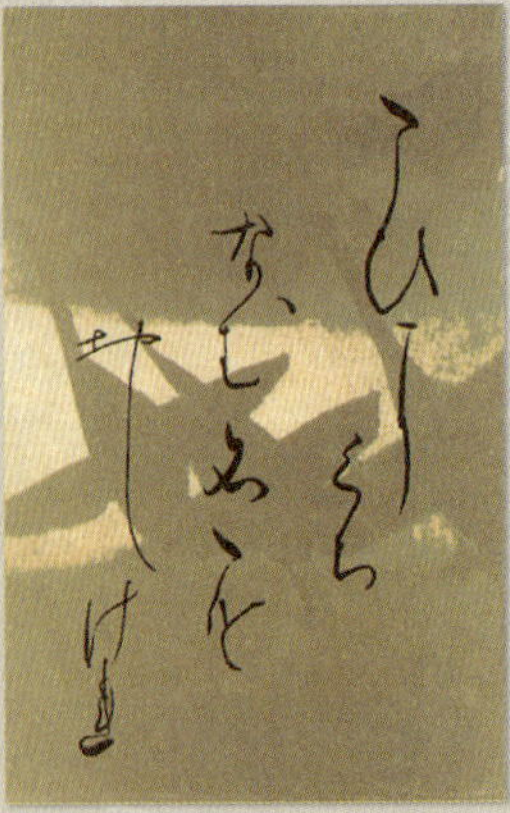

意味 恨むことに疲れ、涙を乾かすことのない私の袖が朽ちてゆくのさえ惜しいのに、恋のために朽ちていく私の評判は、さらに残念です。

ポイント 相模は、相模守大江公資と結婚し、のちに離婚。後朱雀天皇皇女祐子内親王に出仕した。この歌は、「永承六年内裏歌合」の題詠歌。恋の浮名のためにだめになっていく自分を、涙で濡れた袖で象徴させた。

66

もろともにあは《ワ》れと思《おも》へ《エ》山桜《やまざくら》
花《はな》よりほかに知《し》る人《ひと》もなし

――前大僧《さきのだいそう》正行《じやうぎやう》《ジョウギョウ》尊《そん》

意味 私がおまえをいとおしく思うように、おまえも私のことを思ってくれ、山桜よ。花以外に私の気持ちをわかってくれる人もいないのだから。

ポイント 行尊は、三条天皇皇子敦明親王の孫。園城寺長吏を経て、天台座主となる。鳥羽天皇の護持僧をつとめた。この歌では、仲間もなく、愛でてくれる人もなく、ひっそりと奥山で咲いている山桜に自己投影している。

67

春《はる》の夜《よ》の夢《ゆめ》ばかりなる手枕《たまくら》に
かひ《イ》なくたたむ《ン》名《な》こそ惜《を》《オ》しけれ

――周防《スオウ》内侍《すはうのないし》

意味 短い春の夜の夢のような、あなたの手枕だったのに、つまらなく立ってしまう浮き名が残念です。

ポイント 舞台は章子内親王の御所。宮廷歌人として活躍していた周防内侍が物に寄りかかり、「枕がほしいわ」とつぶやいたところ、藤原忠家が「これを枕にどうぞ」と言って、御簾の下から腕を差し入れてきた。そこで、周防内侍がこの歌を詠み、忠家の口説きを見事に退けた。

68

——三条院《さんでうのゐん》《ジョウイン》

心《こころ》にもあらで憂《う》き世《よ》に長《なが》らへ《エ》ば
恋《こひ》《コイ》しかるべき夜《よ》半《は》《ワ》の月《つき》かな

意味 心にもなく、このつらい世に生き長らえていたならば、きっと恋しいと思うに違いない今宵《こよい》の月だなあ。

ポイント 作者は、第六十七代天皇で、冷泉天皇の第二皇子にあたる。この歌が詠まれた当時三条院は緑内障を患い、藤原道長からは退位を迫られていた。失われていく視力を自覚しながら、わずかに見える視力で仰ぎ見た秋の月は、どんなにか美しかっただろう。

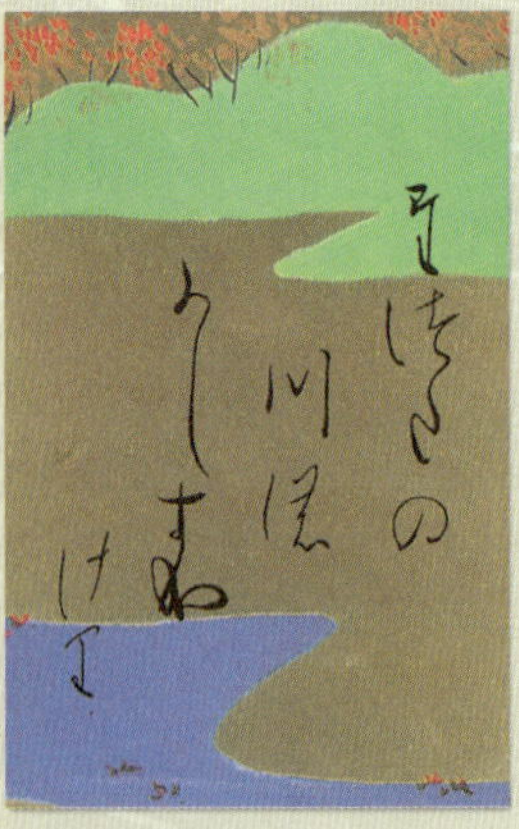

69

——能因《のういん》法《ほふ》《ホウ》師《し》

嵐吹《あらしふ》く三室《みむろ》の山《やま》のもみぢ《ジ》葉《ば》は
竜田《たつた》の川《かは》《カワ》の錦《にしき》なりけり

意味 激しい風が吹き散らす三室山のもみじの葉は、竜田川の川面《かわも》を彩る錦だったのだなあ。

ポイント この歌は、後冷泉天皇即位五年後の「永承四年内裏歌合」で詠まれた。題は「紅葉」。実景ではなく、宮中でのハレの歌合で披露された、パフォーマンス性の強い歌であった。能因は数奇人として知られ、数々の逸話を残す。

70

さびしさに宿《やど》を立《た》ち出《い》でてながむれば
いづ《ズ》くも同《おな》じ秋《あき》の夕《ユウ》暮《ゆふぐ》れ

——良《リヨウ》暹法《ホウ》師《りやうぜんほふし》

意味 寂しさのあまり、庵《いおり》を立ち出て、外の景色を眺めると、どこも同じで、寂しくない場所などないとわかった、秋の夕暮れよ。

ポイント 良暹法師は、朱雀・後冷泉天皇の時代に歌人として活躍。天台宗の僧で、祇園別当にもなった。一時期大原に隠棲。隠者が描く寂しさの景は、悲哀だけでなく自由と解放感をも表し、憧れや共感の対象にもなった。

71

夕《ゆふ》《ユウ》されば門田《かどた》の稲葉《いなば》おとづ《ズ》れて
蘆《あし》のまろやに秋風《あきかぜ》ぞ吹《ふ》く

――大納言《だいなごん》経信《つねのぶ》

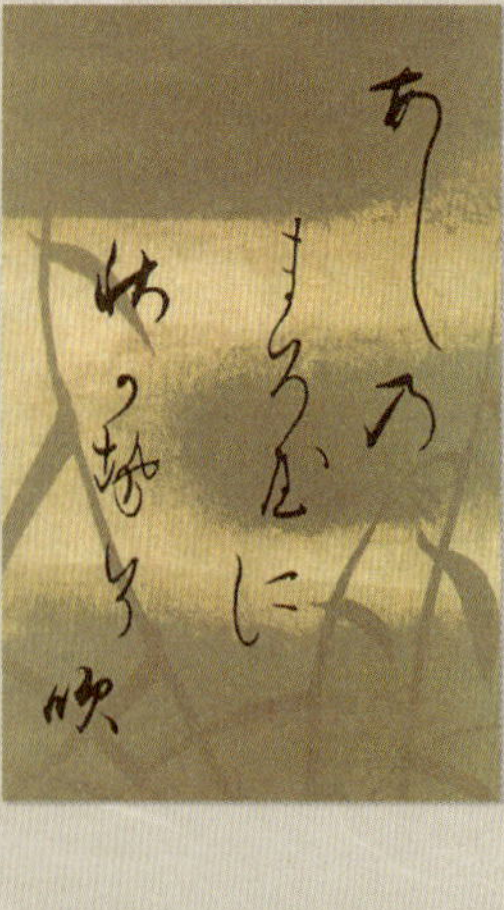

意味 夕方になると、門田の稲葉に音を立てて、蘆葺《あしぶ》きの粗末な小屋に秋風が吹くよ。

ポイント 梅津（現在の京都市右京区の四条通りを西に延長した桂川の東岸一帯）の地に歌人たちが集い、「田家の秋風」という題で歌を詠み合った。作者の源経信は、漢詩文、有職故実にも通じた知識人で、詩歌管弦にすぐれた多芸多才の人であった。

72

音《おと》に聞《き》く高師《たかし》の浜《はま》のあだ波《なみ》は かけじや袖《そで》のぬれもこそすれ

――祐子《いうし》《ユウ》内親王《ないしんわう》《ノウ》家紀伊《けのきい》

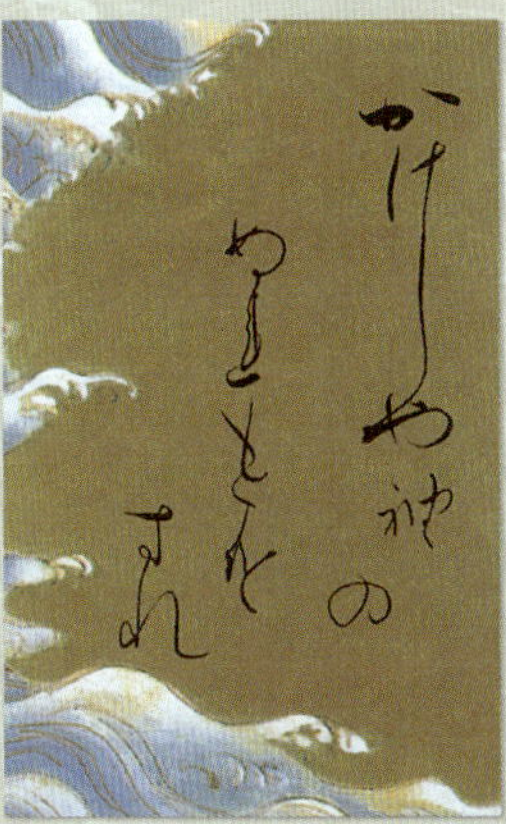

意味 噂に聞いている高師の浜にいたずらに立つ波は、かけるつもりはありませんよ、袖が濡《ぬ》れては困るので。浮気なあなたを相手にする気はありません、涙で袖を濡らすといけませんから。

ポイント 作者は、後朱雀天皇皇女祐子内親王に仕えた女房。この歌は「堀河院艶書合」で、藤原俊忠の歌に返した歌。当時、紀伊は七十歳くらいの老女、俊忠は二十九歳だった。

73

前権中納言匡房《さきのごんのちゅうなごんまさふさ》

高砂《たかさご》の尾《を》《オ》の上《へ》《エ》の桜《さくら》咲《さ》きにけり
外山《とやま》の霞《かすみ》立《た》たずもあらなむ《ン》

意味 高い山の峰の桜が咲いたなあ。人里近くの山の霞よ、どうか立たないでほしい。

ポイント 作者の大江匡房は、大江匡衡と五九番作者赤染衛門夫妻の曾孫にあたる。幼い頃から神童の誉れ高く、当代随一の漢学者となった。この歌は、藤原師通の邸で人々が酒を飲みつつ、「遥かに山桜を眺望する」という題で詠んだときのもの。

74

――源《みなもとの》 俊頼朝臣《としよりあそん》

憂《う》かりける人《ひと》をはつせの山《やま》おろしよ
はげしかれとは祈《いの》らぬものを

意味 冷淡なあの人を振り向かせたいと初瀬《はつせ》の観音様に祈願したけれども、その甲斐《かい》もなく、初瀬山の山おろしよ、こんなに激しく吹けとは、祈らなかったのに。私に辛《つら》くあたれとは、ますますあの人は冷たくなってゆく。

ポイント 俊頼は大納言経信の子、俊恵法師の父。院政期を代表する歌人である。「はつせの山」は初瀬山（奈良県桜井市）のこと。

75

契《ちぎ》りおきしさせもが露《つゆ》を命《いのち》にて
あは《ワ》れ今《こ》年《とし》の秋《あき》もいぬめり

——藤原《フジワラ》 基俊《ふぢはらのもととし》

意味 約束してくださった「私を頼りにせよ」というあなたの一言を命綱としているうちに、ああ、今年の秋も空しく去っていくようだ。

ポイント 基俊は、息子である律師光覚が維摩会の講師になれるよう、時の権力者であった藤原忠通に愁訴した。忠通は「まかせなさい」と答えたが、その年の秋もまた選に漏れてしまった。がっかりした基俊の親心の歌である。

76

法《ほつ》性《しやう》《シヨウ》寺《じ》入道《にふだう》《ニユウドウ》前《さきの》関《くわん》《カン》白《ぱく》太政《だいじやう》《ジヨウ》大臣《だいじん》

わたの原《はら》漕《こ》ぎ出《い》でて見《み》ればひさかたの
雲居《くもゐ》《イ》にまがふ《ウ》沖《おき》つ白波《しらなみ》

意味 大海原に漕ぎ出して見わたすと、空の雲かと見まがう沖の白波よ。

ポイント 作者の藤原忠通は、九一番作者良経の祖父であり、九五番作者慈円(じえん)の父。忠通がこの歌のような脱俗的な生活を送っていたわけではなく、むしろ権力闘争の中に生きた人物と言える。後に起こる保元の乱では弟の頼長や崇徳院を倒すことになる。

77

崇《す》徳《とく》院《ゐん》《イン》

瀬《せ》をはやみ岩《いは》《イワ》にせかるる滝川《たきがは》《ガワ》の
われても末《すゑ》《スエ》に逢《あ》はむ《ワン》とぞ思《おも》ふ《ウ》

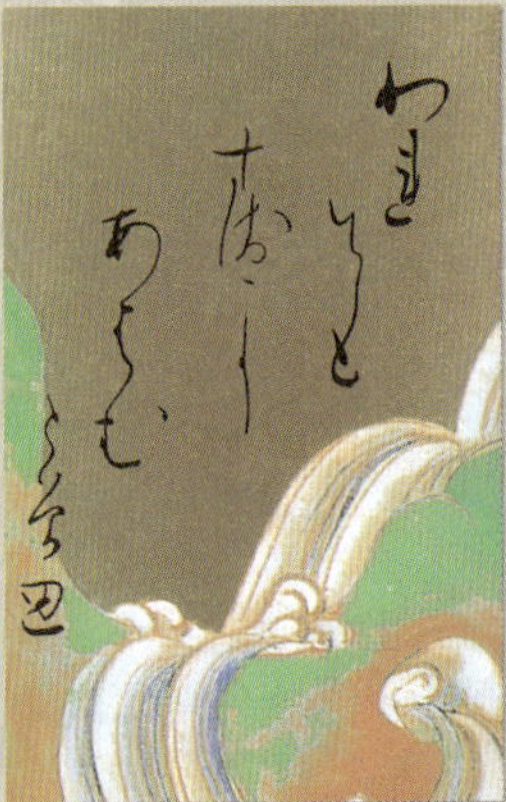

意味 瀬が速いので、岩にせきとめられる滝川が真っ二つに分かれても、いつかまた合流するように、恋しい人と別れてもまたいつかは逢おうと思う。

ポイント 崇徳院は鳥羽天皇の第一皇子。母は待賢門院璋子。実は鳥羽天皇の祖父白河院と璋子との間に産まれた子という疑惑があり、鳥羽天皇とは不仲であった。保元の乱で敗れて讃岐国に流される。（115頁参照）

78

——源《みなもとの》 兼昌《かねまさ》

淡路《あはぢ》《アワジ》島《しま》通《かよ》ふ《ウ》千鳥《ちどり》の鳴《な》く声《こゑ》《コエ》に
いく夜《よ》寝《ね》覚《ざ》めぬ須磨《すま》の関守《せきもり》

意味　淡路島へ行き通う千鳥の鳴く声に、いったい幾夜寝覚めたことだろうか。須磨の関守は。

ポイント　須磨は、一六番作者在原行平が閑居した地であり、『源氏物語』では光源氏が流され、侘び住まいをした場所でもある。都人が何かしらの不幸を背負ってやってくるイメージが色濃く漂う土地だった。作者は堀河院の歌壇で活躍した歌人。

79

秋風《あきかぜ》にたなびく雲《くも》のたえ間《ま》より
漏《も》れ出《い》づる月《つき》の影《かげ》のさやけさ

——左京《キヨウ》大夫顕輔《さきやうのだいぶあきすけ》

意味 秋風にたなびく雲のとぎれた間から、漏れ出てくる月の光の、何と明るく澄んでいることか。

ポイント 藤原顕輔は、白河院・崇徳院や藤原忠通に近仕した。莫大な政治力と経済力をもっていた藤原顕季（あきすえ）の子。父の人麿影（肖像画）を譲り受けたことが、世襲的歌道家の始まりとなったとされる。この歌では、日本の幽玄美に通じる雲間の月光を詠んだ。

80

――待賢門《たいけんもん》院《ゐん》《イン》堀《ほり》河《かは》《カワ》

**ながからむ《ン》心《こころ》も知《し》らず黒髪《くろかみ》の
乱《みだ》れて今朝《けさ》はものをこそ思《おも》へ《エ》**

意味 あなたの愛情が長続きするかどうか、わかりません。この黒髪が乱れるように、心も乱れて、今朝は物思いに沈んでいることですよ。

ポイント 恋人と一夜を過ごした翌朝、つまり後朝の心を詠んだ歌。乱れ髪のような物思いとは、男の心変わりを恐れる悲しみであり、夜の思い出を反芻する喜びでもある。目に見えない恋心を、乱れ髪という映像として示している。

81

ほととぎす鳴《な》きつる方《かた》をながむれば
ただ有明《ありあけ》の月《つき》ぞ残《のこ》れる

——後《ご》徳大寺左《とくだいじのさ》大臣《だいじん》

意味 ほととぎすが鳴いた方角を眺めると、ただ有明の月だけが残っている。

ポイント 作者は藤原実定のことで、八三番作者藤原俊成の甥にあたる。名門の出でありながら不遇の時期が長く、平安末期の激動期を、様々に苦労をし、生き抜いた人だった。この歌は、後朝を象徴する有明の月にほととぎすの鳴き声の余韻が重なり、妖艶な印象をもたらしている。

82

思《おも》ひ《イ》わびさても命《いのち》はあるものを
憂《う》きに堪《た》へ《エ》ぬは涙《なみだ》なりけり

——道《だう》《ドウ》因《いん》法《ほふ》《ホウ》師《し》

意味 恋の思いにこれほど苦しんでいても、それでも命は続いているのに、つらさに堪えきれず、こぼれ落ちてしまうものは、涙であることよ。

ポイント 作者道因法師の俗名は、藤原敦頼。鴨長明の『無名抄』は、道因が九十歳になっても歌合に参加し、耳が遠いため、講師にぴったりと寄り添って耳を傾けていたという逸話を伝えている。歌道に強く執着した歌人だった。

83

世《よ》の中《なか》よ道《みち》こそなけれ思《おも》ひ《イ》入《い》る
山《やま》の奥《おく》にも鹿《しか》ぞ鳴《な》くなる

――皇《コウ》太后宮大夫俊成《くわうたいごうぐうのだいぶとしなり》

意味 ああ、この世の中には逃れる道などないのだなあ。思いつめて入ったこの山の奥にも、鹿が悲しげに鳴いているようだ。

ポイント 藤原俊成は、道長の五男長家流俊忠の子として生まれたが、十歳で父と死別し、苦労して育つ。在俗時代、役人としては不遇だったが、歌人としては崇徳天皇以来、宮中でも高い評価を得て歌壇の大御所となる。（115頁参照）

84

ながらへ《エ》ばまたこのごろやしのばれむ《ン》
憂《う》しと見《み》し世《よ》ぞ今《いま》は恋《こひ》《コイ》しき

――藤原清輔朝臣《ふぢはらのきよすけあそん》《フジワラ》

意味 生き長らえたならば、つらいと思っている今日この頃も、なつかしく思い出されるのだろうか。あれほどつらいと思っていた昔が、今となっては恋しいのだから。

ポイント 清輔は七九番作者顕輔の子。父から人麿影を伝授され、六条家を継承した。八三番作者俊成とともに、平安時代末期の歌壇をリードした。ライバル二人が並んで配置されている。

85

——俊恵《しゅんゑ》《エ》法師《ほふし》《ホウ》

夜《よ》もすがらもの思《おも》ふ《ウ》ころは明《あ》けやらぬ
閨《ねや》のひまさへ《エ》つれなかりけり

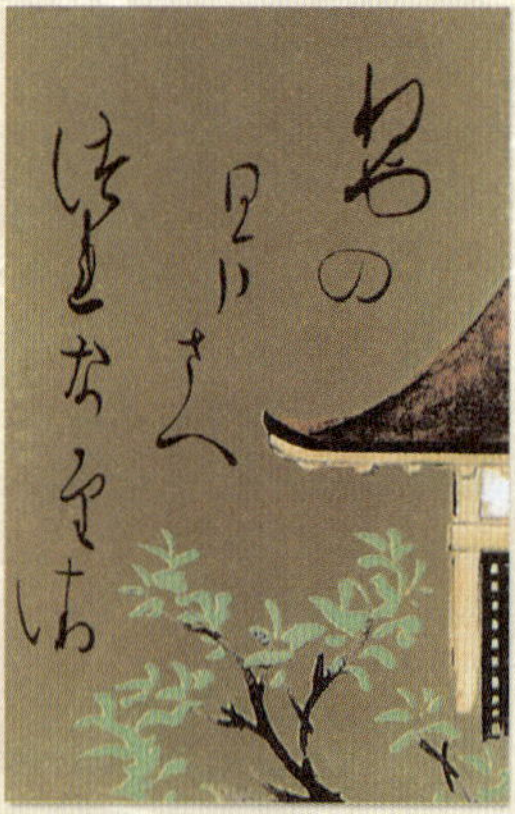

意味 一晩中恋に悩んでいる今日この頃は、いつまでも夜が明けきらない寝室の戸の隙間までも、無情に感じられることよ。

ポイント 作者は男であるが、この歌における「私」は女である。俊恵法師は、東大寺の僧で、京都の白河にあった自坊を歌林苑と呼び、歌会や歌合を行った。鴨長明は俊恵を師とし、その言説を『無名抄』に書きとめている。

86

——西行《さいぎやう》《ギョウ》 法師《ほふし》《ホウ》

嘆《なげ》けとて月《つき》やはものを思《おも》は《ワ》する
かこち顔《がほ》《ガオ》なるわが涙《なみだ》かな

意味 嘆けといって、月が私に物思いさせるのだろうか。いや、そうではない。それなのに、まるで月のせいであるかのような顔をして流れ出る私の涙であることよ。

ポイント 俗名は佐藤義清(のりきよ)。富裕な家に生まれ鳥羽院の北面の武士をつとめていたが、仏道修行に熱心で二十三歳の若さで出家した。初め円位、後に西行と名乗った。(116頁参照)

87

村雨《むらさめ》の露《つゆ》もまだ干《ひ》ぬまきの葉《は》に
霧立《きりた》ちのぼる秋《あき》の夕《ゆふ》《ユウ》暮《ぐ》れ

——寂蓮《じゃくれん》法《ほふ》《ホウ》師《し》

意味 通り過ぎていった村雨がまだ乾ききっていない、真木の葉のあたりに、ゆっくりと霧が立ち昇ってゆく、秋の夕暮れよ。

ポイント 建仁元年二月に後鳥羽院によって催された「老若五十首歌合」の歌。勝負の相手は越前という女房で、寂蓮の勝ちとされている。日本的な湿気を帯びた山の風景を、まるで動画のような筆致で描いた、叙景歌の名品である。

88

皇《くわう》《コウ》嘉《か》門《もん》院《ゐん》《イン》 別当《べつたう》《トウ》

難波《なには》《ワ》江《え》の蘆《あし》のかりねのひとよゆゑ《エ》
みをつくしてや恋《こ》ひ《イ》わたるべき

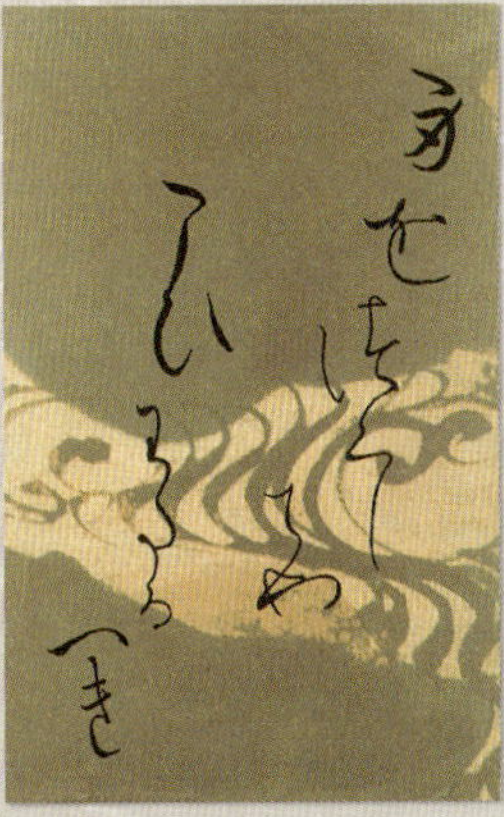

意味 難波江に群生している蘆の刈り根の一節のように、たった一晩かりそめの共寝をしたせいで、あの澪標《みおつくし》のように、命をかけて恋し続けなくてはいけないのでしょうか。

ポイント 旅先で一夜を共にし、恋をしてしまったという題を詠んだ歌。作者は、藤原忠通の娘崇徳天皇の皇后、皇嘉門院聖子に出仕。保元の乱により父と夫が対立した聖子を支えた。

89

―――式子内親王《しょくしないしんわう》《ノウ》

玉《たま》の緒《を》《オ》よ絶《た》えなば絶《た》えねながらへ《エ》ば
忍《しの》ぶることの弱《よわ》りもぞする

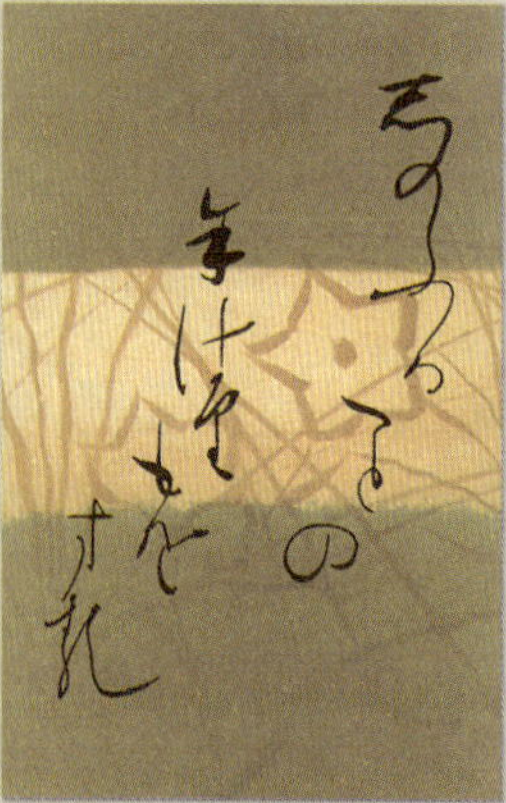

意味 私の命よ、もし絶えるならば絶えてほしい。このまま生き長らえていると、こらえ忍んでいることが弱って、忍ぶ恋心が外に顕れてしまうかもしれないから。

ポイント 作者は後白河院皇女で、守覚法親王や以仁王の姉にあたる。十一歳から十年間、賀茂斎院として過ごし、斎院を退いた後は、俊成や定家から和歌の指導を受けた。（117頁参照）

90

見《み》せばやな雄《を》《オ》島《じま》の海人《あま》の袖《そで》だにも
濡《ぬ》れにぞ濡《ぬ》れし色《いろ》は変《か》は《ワ》らず

——殷富《いんぷ》門院《もんゐん》《イン》大輔《のたいふ》

意味 あなたに私の袖をお見せしたいわ。あの松島の雄島の漁師の袖さえも、濡れに濡れたとしても色は変わらないというのに。私の袖は、血の涙で真っ赤に染まってしまいました。

ポイント 作者は藤原信成の娘。後白河院皇女亮子内親王に出仕した。「千首大輔」とあだ名をつけられるほど多作だったという。鴨長明は『無名抄』で、近代の和歌の上手としている。

91

——後《ご》京《きやう》《キヨウ》極《ごく》摂政《せつしやう》《シヨウ》前《さきの》太政《だいじやう》《ジヨウ》大臣《だいじん》

きりぎりす鳴《な》くや霜夜《しもよ》のさむしろに
衣《ころも》かたしきひとりかも寝《ね》む《ン》

意味 こおろぎが鳴く、霜の降る寒い夜、私は狭い筵《むしろ》に自分の衣だけを敷いて、ひとり寂しく寝るのだろうか。

ポイント 作者の藤原良経は関白九条兼実の子で、七六番作者忠通の孫にあたる。有力政治家の家に生まれ、政界で活躍する一方で、和歌や漢詩などの文化を愛し、多くの作品を生んだ。この歌が詠まれる直前、良経は妻を亡くしている。（117頁参照）

92

――二《に》条院《でうゐん》《ジョウイン》讃岐《のさぬき》

わが袖《そで》は潮干《しほひ》《シオ》に見《み》えぬ沖《おき》の石《いし》の
人《ひと》こそ知《し》らねかわく間《ま》もなし

意味 私の袖は、引き潮になっても見えない沖の石のようなものです。人は知らないけれども、乾く間もないのです。

ポイント 石は、「さざれ石」のように、長い年月をイメージさせるもの。恋する女が長い年月をかけて恋人を思い続ける比喩に用いられる。作者二条院讃岐は、源三位頼政の娘。二条天皇、後鳥羽天皇中宮任子に出仕した。

93

——鎌倉右大臣《かまくらのうだいじん》

世《よ》の中《なか》は常《つね》にもがもな渚《なぎさ》漕《こ》ぐ
海人《あま》の小《を》《オ》舟《ぶね》の綱手《つなで》かなしも

意味 世の中は永遠に変わらないものであってほしいなあ。渚を漕ぐ漁師の小舟が綱手を引く風景のいとおしいことよ。

ポイント 作者は、源実朝。頼朝の次男。母は北条政子。この歌には生への痛切な欲望が詠まれているが、実朝は鎌倉幕府三代将軍となったのち、鶴岡八幡宮において兄頼家の遺児公暁によって暗殺されてしまう。（118頁参照）

94

——参議《さんぎ》雅経《まさつね》

み吉野《よしの》の山《やま》の秋風《あきかぜ》さ夜《よ》更《ふ》けて
ふるさと寒《さむ》く衣《ころも》うつなり

意味 吉野山には秋風が吹き、夜が更けて、古都吉野の里はしんしんと寒く、衣を打つ砧《きぬた》の音が聞こえてくるよ。

ポイント 舞台は華やかさを失った古都。晩秋から冬にかけての哀感を衰えゆくものに重ね、人間不在の風景で描ききろうとした。作者の藤原雅経は飛鳥井家の祖。鎌倉幕府の要職にあった大江広元の娘を妻とし、京都と鎌倉の仲介役をつとめた。

95

前大僧正《さきのだいそうじやう》《ジョウ》　慈円《じゑん》《エン》

おほ《オ》けなく憂《う》き世《よ》の民《たみ》におほふ《オウ》かな
わが立《た》つ杣《そま》にすみ染《ぞ》めの袖《そで》

意味 おそれ多くも、私は憂き世の民に覆いかけるよ。伝教大師《でんぎょうだいし》が「わが立つ杣」と詠まれた比叡山《ひえいざん》に住んでいる僧として、この法衣の袖を。

ポイント 慈円は、九条家という政治家の家に生まれ、十一歳で比叡山に入り、生涯四度天台座主となった。この歌は、慈円が仏教界の頂点をきわめる前に詠まれたもの。人の上に立ち、人民を率いていこうとする気負いに満ちている。

96

入道《ニユウドウ》前太政《ジヨウ》大臣《にふだうさきのだいじやうだいじん》

花《はな》さそふ《ウ》嵐《あらし》の庭《には》《ニワ》の雪《ゆき》ならで
ふりゆくものはわが身《み》なりけり

意味 落花を誘う強い風が吹く庭は、雪のように桜の花びらが降るけれども、ほんとうに古りゆくものは、実は私自身であったよ。

ポイント 作者の藤原公経は、比類なき栄華をきわめた政治家である。しかし、どんな権力者も死から逃れることはできない。豪華絢爛な花吹雪から一転して老いと向き合う下句へと転じていく様子は、栄華と死の対比を表している。

97

——権中納言定家《ごんちゅうなごんていか》

来《こ》ぬ人《ひと》をまつ帆《ほ》の浦《うら》の夕《ゆふ》《ユウ》なぎに
焼《や》くや藻《も》塩《しほ》《シオ》の身《み》もこがれつつ

意味 来てはくれない恋人を待つ、松帆の浦の夕凪《ゆうなぎ》の時刻に、私は焼くわ、藻塩を。その塩と同じように私の身も焼き焦がしながら。

ポイント 撰者の定家が、自らの作品の中から撰んだ一首は、「建保四年内裏歌合」の恋歌。『万葉集』の歌を本歌に、男に恋い焦がれた、淡路島に住む女になりきって詠んだ。待つ女の情念を表した、見事な恋歌。（119頁参照）

98

――従二《じゆに》位《ゐ》《イ》家《いへ》《イエ》隆《たか》

風《かぜ》そよぐ楢《なら》の小《を》《オ》川《がは》の夕《ゆふ》《ユウ》暮《ぐれ》は
みそぎぞ夏《なつ》のしるしなりける

意味 風がそよそよと楢の葉に吹いている、この楢の小川の夕暮れは、まるで秋のように涼しいが、みそぎが行われているのが、夏の証《あかし》であるよ。

ポイント 上賀茂神社の水無月祓を詠んだ歌。ゆったりと吹く風、そよぐ楢の葉、順調に運行する季節と人事は、のどかな治世の象徴。作者藤原家隆は八三番作者俊成を師として和歌を学び、定家とは同門のライバルとされた。

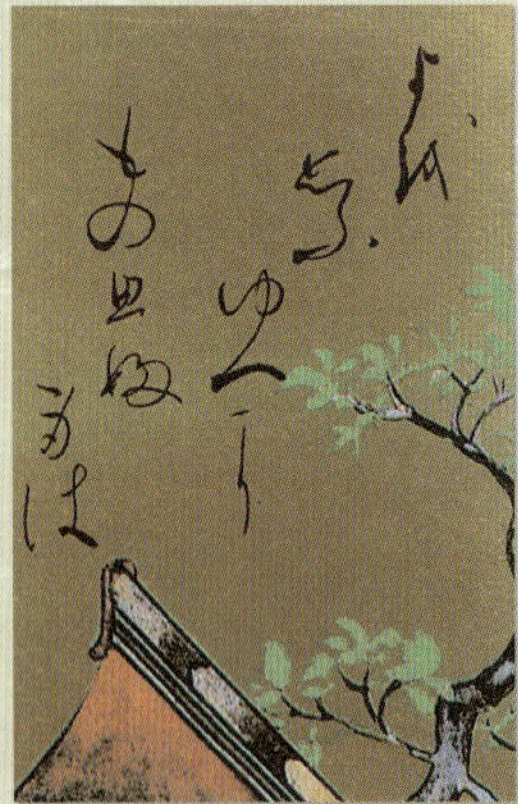

99

人《ひと》もを《オ》し人《ひと》もうらめしあぢ《ジ》きなく
世《よ》を思《おも》ふ《ウ》ゆゑ《エ》に物思《ものおも》ふ《ウ》身《み》は

——後鳥羽院《ごとばゐん》《イン》

意味　人がいとおしくも、また逆に恨めしくも思われる。苦々しい思いを抱きながら、この世を慮《おもんぱか》るがゆえに、数々の物思いをしている我が身には。

ポイント　作者は、第八十二代天皇。世を思うからこそ、周囲の人間が愛しくも、恨めしくも思われる、為政者ゆえの孤独な苦悩を表現している。帝王とて人の子、孤独や不安、臣下への不満に悩まされることもあった。（119頁参照）

100

ももしきや古《ふる》き軒端《のきば》のしのぶにも
なほ《オ》あまりある昔《むかし》なりけり

——順徳院《じゅんとくゐん》《イン》

意味 宮中の古い軒端に生えている忍ぶ草のように、いくら偲《しの》んでも偲び尽くせない昔の御代であるなあ。

ポイント 順徳院は第八十四代天皇。九九番作者後鳥羽院の皇子。穏やかな兄の土御門院よりも才気に富み、明朗活発であったという。承久の乱に敗北した後は、佐渡に流され、約二十年間都に戻ることなく、同地にて没した。（120頁参照）

精選二十五首解説

1 天智天皇――秋の田のかりほの庵の苫をあらみわが衣手は露に濡れつつ

普通に読めば、貧しい農民の歌である。実際にこの歌は、農業の苦労を歌った作者不明の歌（「秋田刈る仮庵を作りわが居れば衣手寒く露ぞ置きにける」『万葉集《まんようしゅう》』巻一〇・二一七四）を元歌にしているらしいのだ。

しかし、この歌の作者は天智天皇と信じられてきた。撰者の定家《ていか》もそう信じていたのである。なぜか？ その背景には、天智天皇伝説がある。

天智天皇は、即位前は中大兄皇子《なかのおおえのおうじ》と呼ばれた、古代史のスーパーヒーロー。皇太子時代、大化の改新に勝利した後、近江《おうみ》（滋賀県）に都を遷《うつ》し、人民を思いやるすばらしい政治を行ったと伝えられる。また、天智天皇の子孫は、桓武《かんむ》天皇以下、平安時代の天皇の座につき（弟の天武《てんむ》天皇の血筋は、女帝称徳《しょうとく》天皇で途絶える）、平安王朝における天皇のルーツとされる。こうした天皇家の血統という点も、後代仰がれる理由となったのだろう。

2 持統天皇――春過ぎて夏来にけらし白妙の衣干すてふ天の香具山

この歌の初句・第二句は、なんとまあ至極当然のことを詠んでいることか。「春が過ぎて夏が来たらしい」と、季節の推移をわざわざ十二音も使って表現しているのだから。しかし、この十二音には実は深い意味が隠されている。

この当時、人間社会と四季が順調に運行するのは、天皇の政治がうまくいっているからと考えられていた。つまり、我々にとっては至極当たり前に思える季節の推移も、当時の人にとっては、天皇の徳政を表すおめでたい風景だったのだ。

この歌の作者持統天皇は、一番作者天智天皇の娘である。ちなみに、『百人一首』九九・一〇〇番の作者は、後鳥羽《ごとば》・順徳《じゅんとく》天皇なので、『百人一首』は、古代の天皇親子に始まり、中世の天皇親子で終わっているのである。一番の歌が農民の苦を思いやる天皇を描いていたのに続き、二番の歌も天皇の徳政を表現している。

3 柿本人麿――あしびきの山鳥の尾のしだり尾のながながし夜をひとりかも寝む

この歌は、恋歌は恋歌でも、幸せな恋ではなく、恋人と別々に寝る一人ぼっちの夜を嘆いた、寂しい恋歌である。二人で過ごす甘い夜はあっという間に過ぎてしまうのに、一人で過ごす夜はたまらなく長いもの。この歌は、そんな夜の長さを、何と視覚で表現しようとしたのだ。

まずは、雌雄が別々の寝床で夜を過ごす習性を持つという山鳥が登場する。当時の人は、「山鳥」と聞いただけで、一人寝をイメージしたのだ。次に、山鳥の長い長い尻尾を描いて見せる。「山鳥」はキジ科の鳥で、雄は尾羽が長い。一人寝をする山鳥の、垂れ下がった尾羽。これが、「一人寝の夜の長さ」なのだ。

人麿は、定家の時代には歌神《かしん》とあがめられ、崇拝された。定家は絶対に人麿の歌は入れたかったに違いない。そして、王朝和歌に近い、待つ苦しみを詠んだ恋歌を撰んだのである。

8 喜撰法師｜わが庵は都の辰巳しかぞ住む世をうぢ山と人はいふなり

喜撰は、宇治の御室戸《みむろど》の奥に住んでいたらしい。鴨長明《かものちょうめい》は『無名抄《むみょうしょう》』に「御室戸の奥に二十余町ばかり山中へ入りて、宇治山の喜撰が住みかける跡あり」と記し、歌人必見の場所だと言っている。定家の孫慶融法眼もこの庵跡を訪れている。

実は仙人だったとか、道術士だったとも言われ、不老長寿の薬を煉《ね》って、天上に飛び去ったという伝説もある。そういう喜撰像からこの歌を読むと、なんとも飄々とした、人を喰ったような趣のある歌である。人からは「かわいそう」と同情されるけれども、本人はいたってハッピー、「世間は私に同情しているらしいねえ」と軽くいなした感がある。江戸時代の川柳に「お宅はと聞かれたように喜撰よみ」という一首があるが、この歌の本質をよく言い当てている。

9 小野小町｜花の色はうつりにけりないたづらにわが身世にふるながめせし間に

作者の小野小町は、小野氏の娘で、九世紀頃、仁明《にんみょう》天皇か文徳《もんとく》天皇の更衣《こうい》（女官）であったらしいが、実人生はよくわからない。しかし、鎌倉時代以降になると、晩年落ちぶれて不幸になったという小町落魄《らくはく》説話が数多く誕生した。果てには、路傍で行き倒れとなり、白骨化した髑髏《どくろ》の眼球の穴からススキが一本生えていて、それが風になびいて「あなめ、あなめ」と音をたてたという（『無名抄』）。無残な話である。

もちろんこれはフィクションなのだが、小町の落魄説話を知る後世の人たちは、この歌の「花の色」に「小町の美貌」を重ねて理解していただろう。「花の色はうつりにけりな」を美貌の衰えを嘆く小町とする解釈は、後世の小町落魄説話にぴったりと合致しているからだ。

17 在原業平――ちはやぶる神代も聞かず竜田川からくれなゐに水くぐるとは

作者の在原業平は、阿保《あぼ》親王の五男にあたる。「容貌はすばらしく、自由きままに生き、漢学の才はなく、すばらしい和歌を詠む男だった」(『三代実録《さんだいじつろく》』)という。『伊勢物語《いせものがたり》』は、当代きっての色男業平の恋物語を中核にした作品で、中でも有名なのは、二条后《にじょうのきさき》(藤原高子《たかいこ》)との恋物語である。この歌は、その高子が清和《せいわ》天皇と結婚した後、屏風歌を詠ませた時に業平が披露した歌である。この歌の「神代」とは高子と愛し合っていた昔を指すという説もある。

絢爛豪華な紅葉が流れてゆく絵を前にして、この歌を披露したとき、人々はその才気に舌を巻いたことだろう。業平の得意そうな顔が目に浮かぶようだ。

24 菅原道真――このたびは幣も取りあへず手向山紅葉の錦神のまにまに

宇多《うだ》上皇の宮滝《みやたき》(奈良県)御幸《みゆき》に随伴した菅原道真《すがわらのみちざね》の歌である。山全体の紅葉を幣に見立てて、旅の神様に奉納しようという壮大なスケールの歌である。山の紅葉をまるごと神様に捧げようというのは、自然を支配する王者の発想である。一臣下の詠むような歌ではない。では、なぜ道真が詠みえたかというと、それは上皇の旅だったからである。紅葉の山を神に奉納するのは、実際は宇多上皇なのだ。

道真は、政治家として失脚し、大宰権帥《だざいのごんのそち》に左遷されて、没したが、後に天神様《てんじんさま》として信仰された。この歌は、「人間時代」の道真が旅の神様に向かい合っているが、どこか神様としての道真像のイメージも重ねて読まれてきたのではないだろうか。

30 壬生忠岑――有明のつれなく見えし別れより暁ばかり憂きものはなし

後鳥羽《ごとば》院が定家と家隆《いえたか》に、『古今和歌集《こきんわかしゅう》』の名歌はどれかと尋ねたとき、二人ともこの歌を推薦したという。さらに定家は、この歌について「これほどの名歌を一首でも詠んでみたい。この世の思い出となるだろうに」(『顕註密勘《けんちゅうみっかん》』)と絶賛している。

この歌は、男が女のもとを訪れたが、ついに逢ってくれなかった、そして暁になってとぼとぼと帰るときに見た月光がとても冷淡だったという。あの日以来、暁ほどつらい時間帯はないと思うようになったのだ。好きな人に告白したけれども、冷たくふられてしまった! それ以来、同じ時間帯や場所に遭遇すると、つらかった経験が蘇り、傷口がえぐられるような気がするというのは、現代でもよくあること。この歌ではそれが暁であり、有明の月なのだ。とても素朴だが、物語的な時間の流れ、人の心の動きが流暢に描かれていて、味わい深い、いい恋歌だと思う。

35 紀貫之――人はいさ心も知らずふるさとは花ぞ昔の香に匂ひける

貫之が大和《やまと》国(奈良県)の長谷寺《はせでら》に参詣するときに、常宿としていた女主人の家があった。しかし、何かの事情で長くご無沙汰してしまい、久しぶりに訪れると、女主人から「このように宿はちゃんとありますのに……」と軽く皮肉られてしまう。そこで、貫之は梅の花を手折って、「旧都奈良と梅の香はともかくとして、そこに住む人の心は変わってしまったのでは?」と応酬したのだ。もちろん親しさゆえの当意即妙のやりとりである。古都のゆったりとした時間の流れ、春の情趣、馥郁《ふくいく》とした梅の香りをバックにして、なんとも素朴な味わいのある一首である。

貫之の歌は、唐の詩人劉廷芝《りゅうていし》の「年年歳歳花相似、歳歳年年人不同（毎年美しい花は同じように咲くが、毎年花を見る人間は変わっていく）」に似た発想である。旧都や梅の香りと同様に、そこに住む人もいつまでも変わらずにいてほしいという願いは、いつの時代も同じである。

40 平兼盛――忍ぶれど色に出でにけりわが恋はものや思ふと人の問ふまで

四〇番・四一番の歌は、村上《むらかみ》天皇の天徳四年（九六〇年）内裏歌合《だいりうたあわせ》での勝負である。題は「忍ぶ恋」。いずれもすばらしい歌だったので、判者《はんじゃ》（歌合の勝敗を決める人）藤原実頼《さねより》は勝敗を決めがたく、天皇の気色をうかがう。すると、天皇がひそかに「忍ぶれど」とつぶやいたので、兼盛の歌を勝ちとしたのである。まさに互角の名勝負だったのだ。兼盛は自分のこの歌が勝ったと知ると、ほかの勝負の結果は聞かず、満足して退出したという。それほど、全力をかけた自信作だったのである。

この歌は、構成がすばらしい。上句から下句にかけて、忍ぶ恋が露見してゆく様子とともに、困惑し内省する心の動きが、ドラマチックに描かれている。第三句「わが恋は」は、上二句と下二句の両方にかかっていて、楔《くさび》のような役割を果たしている。第四句の「ものや思ふ」という会話の引用も生きている。お見事である。

41 壬生忠見――恋すてふわが名はまだき立ちにけり人知れずこそ思ひそめしか

こちらは、天徳《てんとく》四年（九六〇年）内裏歌合において、四〇番に負けた歌である。

鎌倉時代に書かれた説話集『沙石集《しゃせきしゅう》』は、負けた忠見がこの後不食の病（拒食症）になり、亡くなったという話を記している。おそらくこれはフィクションであろうが、歌合の勝負がいかに歌人たちにとって大問題であったかがわかる。

四〇番と四一番の優劣は、好みによってそれぞれとしか言いようがない。この歌は、歌合では村上天皇の好みによって、負けてしまったが、ドラマ性のある四〇番に比べて、大人しく、物静かな感じがする。恋しているという噂だけがあっという間にたってしまったことへの戸惑いが、素直に綴られていて、後からしみじみと胸に沁《し》み、「いいな」と思える歌だろう。村上天皇も、もしかしたら、後になって「しまった！」と思ったかもしれない。

53 右大将道綱母 ― 嘆きつつひとり寝る夜のあくる間はいかに久しきものとかは知る

この歌は、『蜻蛉日記《かげろうにっき》』巻上に詳しいいきさつが記されている。天暦《てんりゃく》九年（九五五）の初冬のこと。作者はこの年の八月に夫兼家《かねいえ》との間に道綱を産んでおり、結婚生活はうまくいっていたはずだった。しかし、九月頃兼家の手箱に他の女にあてた手紙を発見、十月頃からは訪れも絶えがちになっていた。そんな頃、兼家は用事があるといって、作者の家からそそくさと出ていった。怪しんだ作者が召使いに尾行させたところ、案の定、町の小路の女の家に入っていったのだ。それから二、三日たって、兼家は作者の家を再び訪れるが、作者は門を開けさせず、追い返してしまう。そして翌朝、色変わりした菊に、この歌を添えて、兼家のもとに届けさせたのだった。

大物政治家だった兼家との生活は、嫉妬《しっと》と失望の繰り返しで、幸福とはいえないものだったようだ。『蜻蛉日記』は、苦渋に満ちた兼家との結婚生活を書き綴った自叙伝ふうの日記である。

56 和泉式部　あらざらむこの世のほかの思ひ出に今ひとたびの逢ふこともがな

病床にあって、死期が近いことを予感した和泉式部が、死ぬ前に一目だけあなたに逢いたいと言い贈った歌である。いつ、誰に贈ったのかはわからない。弱々しさの中にも一筋の糸を強く手繰り寄せるような情熱があり、こんな歌を受け取って、逢いに行かない男などいないのではないだろうか。

和泉式部は、最初橘道貞《たちばなのみちさだ》と結婚し、六〇番作者小式部内侍《こしきぶのないし》を産むが、冷泉《れいぜい》天皇皇子である為尊《ためたか》親王・敦道《あつみち》親王と恋愛関係となる。『和泉式部日記』は、敦道親王との恋愛を書き綴ったもの。二人と死別した後は、中宮彰子《しょうし》（藤原道長《みちなが》の娘）に出仕し、藤原保昌《やすまさ》と再婚した。

57 紫式部　めぐり逢ひて見しやそれとも分かぬ間に雲隠れにし夜半の月かげ

和泉式部の一首が恋歌なら、紫式部の一首は女の友情を詠んだ歌である。『紫式部集』の巻頭に置かれた一首なので、作者にとって、とてもたいせつな歌だったのだろう。

「めぐり逢ひて」「雲隠れにし」は、ともに月と友達の両方が主語となる。月と友達が二重構造となって、表向きは月を詠んでいるように見えて、実は友達の比喩《ひゆ》であり、友達が主題である。

定家の父俊成《しゅんぜい》は、「紫式部、歌よみの程よりも、物書く筆は殊勝なり（紫式部は、歌人としての力量よりは、物語を書く能力のほうが優れている）」（『六百番歌合《ろっぴゃくばんうたあわせ》』判詞《はんし》）と言っており、歌人としての評価は高くない。しかし、『百人一首』に撰ばれた歌は、女房《にょうぼう》文化が花開いた一条朝《いちじょうちょう》のスターらしく、女友達との友情を詠んだ歌だった。

60 小式部内侍 ――大江山いく野の道の遠ければまだふみも見ず天の橋立

歌が詠まれた状況を説明しよう。母和泉式部が藤原保昌《やすまさ》と再婚して、遠く丹後《たんご》国に下向していたとき、都で歌合《うたあわせ》が開かれ、作者もその歌人に撰ばれた。そのとき、六四番作者の藤原定頼《さだより》が作者の局《つぼね》にやって来て「歌はどうしましたか。お母さんのもとにお使いは出したのですか。お使いはまだ戻りませんか。どんなに気がかりでしょうね」と皮肉を言って立った。いつもはお母さんに代作してもらっているのでしょう？ 今回は困りましたねえ、とからかったのだ。そこで、作者はすかさずこの歌でやり返した。『俊頼髄脳《としよりずいのう》』によると、定頼は返歌しようとしばらく思案したが、どうにも思いつかず、袖を振り払って逃げ去ったという。

偉大な母を持つがゆえの苦労もたくさんあったのだろうが、この歌を見る限りでは、素敵な母娘関係だったことが想像される。

62 清少納言 ――夜をこめて鳥のそら音ははかるともよに逢坂の関はゆるさじ

清少納言が藤原行成《ゆきなり》（五〇番作者義孝《よしたか》の子）とおしゃべりしていたところ、行成が宮中で用事があると言って、急いで帰ってしまう。その翌朝、行成が「昨夜は夜明けを告げる鳥の声にせきたてられたので」と言ってきたので、作者は「あれは鳥は鳥でも、函谷関《かんこくかん》の鶏だったのでしょうか（ただ帰りたかっただけでしょう？）」と皮肉を言い送る。「函谷関の鶏」とは、孟嘗君《もうしょうくん》が従者に鶏の鳴き声を真似させて、夜明けに鶏が鳴かないと人を通さない函谷関の関守をだまし、関所を通った故事（『史記《しき》』）を指す。当意即妙の切り返しで、利発な作者らしい返事である。すると、「いえいえ、函谷関ではなく、逢坂の関ですよ（あなたと逢いたい、結ばれたいと願っています）」と返してきた。「逢坂の関」は、山城国《やましろ》（京都府）と近江国（滋賀県）の境にある関で、この逢坂の関を越えるということは、「逢ふ」つまり男女の仲になることを意味する。そこで、清少納言が返したのが、この歌というわけだ。

77 崇徳院——瀬をはやみ岩にせかるる滝川のわれても末に逢はむとぞ思ふ

崇徳院自身が企画した『久安百首《きゆうあんひやくしゆ》』の一首である。ほとばしる急流が岩にあたって、いったんは左右に分かれるけれども、再びまた合流する風景をまず描写する。その後、「われても」を「無理にでも」という恋の意味に転じていく。そして、いったんは別れるけれども、いつかきっとあの人に逢うのだ、という強い意志で結んでいるのだ。この歌は、保元《ほうげん》の乱以前に詠まれた恋歌であるが、別れの予感といい、滝川の急流のような激しさといい、崇徳院の配流《はいる》と怨霊《おんりよう》伝説を彷彿《ほうふつ》させる一首である。

崇徳院は保元の乱に敗れ、讃岐国《さぬき》（香川県）に流され、同地で没した。都に戻ることを願いながら叶わず、無念の最期をとげたため、様々な怨霊伝説が生まれた。こうした院の怨霊伝説とあわせてこの一首を味わうと、いつかきっと都に戻りたいという、おそろしい執念の歌に思えてくるのだ。このあたりは、定家も計算済みだったのかもしれない。

83 藤原俊成——世の中よ道こそなけれ思ひ入る山の奥にも鹿ぞ鳴くなる

俊成が二十七歳のときの詠である。遁世《とんせい》の決心から絶望への変化がドラマチックに描かれているが、変化のきっかけは、鹿の声である。決心して山に入ったのに、鹿の声を聞いて、「私」の心は希望から絶望へとゆっくりと沈み込んでいく。そして、冒頭の「世の中よ道こそなけれ」という深いため息へと収束していくのである。

しかし、どこに行っても悲しみから逃れることはできないという現実は、絶望には終わらない。修行者にとっては、そのまた先を用意してくれる。こんなに苦しい苦界《くがい》を捨てて、極楽をひたすら願うという修行の日々が彼らを待っているからだ。

定家が撰んだ父の一首は、息子から見た父の本質であり、素顔であろう。深山への憧れ、響き渡る哀切な鹿の声、深い絶望、こうした風景に定家は父親を見出していたのだ。情感あふれる「述懐《じゅつかい》（思いを述べ、訴える）」の世界。自分には詠めない境地の歌だと定家は思っていたのではないだろうか。

86 西行法師――嘆けとて月やはものを思はするかこち顔なるわが涙かな

西行は、生きることや信仰と深く関わる和歌を数多く詠み、同時代及び後代の人々に圧倒的な支持を受けた。しかし、西行の一首として、定家は泣き濡れる恋歌を撰んだのだ。恋の涙に弱々しく身を委《ゆだ》ねる男は、まさに王朝以来の恋歌の伝統である。定家は、巨人西行の多様で豊かな歌の世界から、『百人一首』全体のトーンにふさわしい一首を撰んだのだろう。

月と涙を人間に見立て、涙をこぼしている自分を笑っているような歌である。自分の涙なのに、自分と切り離してふっと笑うような、ユーモラスな響きがある。西行は、月をこよなく愛した歌人なので、月を見て涙を流す歌も数多く詠んでいる。しかし、ここでの涙は、恋の涙である。恋の涙なのに、月を見て感動している様な顔をしている「涙」は、そのまま西行の姿であろう。西行の恋に対するスタンスが仄見《ほのみ》えるような歌で、興味深い。

89 式子内親王――玉の緒よ絶えなば絶えねながらへば忍ぶることの弱りもぞする

「忍ぶ恋」という題で詠まれた恋歌である。このまま生き長らえたら、いつかこの恋心が人に知られてしまう、それならいっそのこと死んでしまったほうがいい！　と言っているのだ。自分の命よりも、世間体、社会的立場を守ろうとする強い意志の表れである。

式子内親王の歌には、命がけの忍ぶ恋の歌が数多く見られる。もちろんこれらの歌は、「忍ぶ恋」という歌題《かだい》で詠まれたもので、あくまでも虚構の世界である。そこにどれだけの作者の実人生が反映されるかは、わからない。ただ、たとえ虚構であったとしても、これらの歌が持つ激しさ、強さ、潔さは、式子内親王自身の個性であることもまた確かであろう。

この意志の強さが、のちには斎院《さいいん》という経歴と結びつけられ、秘密の恋があったとされるようになる。謡曲『定家《ていか》』は、その恋の相手を定家とする伝承に基づいて、作られたものである。

91 藤原良経――きりぎりす鳴くや霜夜のさむしろに衣かたしきひとりかも寝む

「きりぎりす」は今のこおろぎのことで、悲しみを人間と共有してくれる存在である。人間は古来自分たちの悲しみをその鳴き声に重ねてきた。良経は、秋の夜の寂寥《せきりょう》を、このきりぎりすの鳴き声、霜夜、狭筵の一人寝という景物で描ききったのだ。

ただ、この歌には、当時の良経《よしつね》の境遇が反映している。この歌が詠まれる直前、良経は妻を亡くしているのだ。晩秋の一人寝の嘆きは、良経自身の実体験でもあったのだ。しかし、個人的な悲しみを、豊かな古典世界を駆使して、誰もが共感できる普遍的な悲しみの風景へと昇華させた良経は、やはり紛れもなく文学者だった。

良経は有力政治家の家に生まれ、政界で活躍する一方で、和歌や漢詩などの文化を愛し、多くの作品を生んだ。また、温厚な人柄は誰からも愛され、定家をはじめとする同時代歌人のパトロンとしても活躍した。

93 源実朝 ── 世の中は常にもがもな渚漕ぐ海人の小舟の綱手かなしも

鎌倉の由比ヶ浜《ゆいがはま》か、七里ヶ浜《しちりがはま》あたりの風景である。実朝《さねとも》は、浜辺に立って、海を漕《こ》ぎめぐる小さな舟をじっと見つめながら、何とも言えない憂鬱《ゆううつ》な感情と、生きとし生ける者への限りない愛着にとらわれる。

これは生への欲望である。長く生きたいという痛切な願いである。生への欲望に突然とらわれて、浜辺に立ち尽くす実朝の姿は、何とも痛々しい。

しかし、なぜ私たちは、この願いを痛々しいと思うのだろうか。それは、実朝のその後を知っているからだ。実朝は、鶴岡八幡宮《つるがおかはちまんぐう》参拝から帰る途中、甥《おい》の公暁《くぎょう》に刺し殺される。二十八歳の若さであった。若くして非業の死を遂げた実朝の生涯を知る者にとって、「世の中は常にもがもな」という願いは何とも切なく響く。

定家も、実朝の悲劇をふまえたうえで、この一首を撰んだのだろう。

97 藤原定家 ― 来ぬ人をまつ帆の浦の夕なぎに焼くや藻塩の身もこがれつつ

撰者定家が、自作の中から撰んだ渾身の一首は、「建保《けんぽう》四年内裏歌合」の恋歌である。

この歌の本歌は、『万葉集』の歌である。

名寸隅《なきすみ》の　船瀬《ふなせ》ゆ見ゆる　淡路島《あはぢしま》　松帆の浦に　朝なぎに　玉藻《たまも》刈りつつ　夕なぎに　藻
塩焼きつつ　海人少女《あまをとめ》　ありとは聞けど　見に行かむ　よしのなければ　丈夫《ますらを》の　情《こころ》はな
しに　手弱女《たわやめ》の　思ひたわみて　徘徊《たもとほ》り　我《あ》れはぞ恋ふる　船梶《ふなかぢ》を無み

（『万葉集』巻六・九三五・笠朝臣金村《かさのあそみかなむら》）

本歌の「私」は男で、兵庫県明石市あたりにあった波止場に立ち、淡路島の松帆の浦に住む、美しい海人少女に恋い焦がれているという恋歌である。

定家はこの歌を本歌取りし、この男に恋焦がれられた淡路島の海人少女になりきって歌を詠んだ。女は男の訪れを待って、焼く藻塩のように、じりじりと身を焦がす。そして、風がないために右にも左にも流れず、空高くまっすぐ立ち昇る塩焼きの煙は、待つ女の情念の象徴でもある。

99 後鳥羽院 ― 人もをし人もうらめしあぢきなく世を思ふゆゑに物思ふ身は

この歌が詠まれたのは、建暦《けんりゃく》二年（一二一二）、院が三十三歳のときである。鎌倉幕府に圧迫され、王道の衰微を感じ取っていた時期であった。この九年後に、院は承久《じょうきゅう》の乱を引き起こす。閉塞《へいそく》してゆく状況の中で、院がどういう思いを抱いて暮らしていたのか、その生々しい肉声が聞こえるような一首である。

民を支配しようとする意欲と、民を思うがゆえの苦悩は、あざなえる縄のようなものである。帝王たらんとする意志が強いがゆえに、新しい王（鎌倉将軍）を容認することができず、後鳥羽院は承久の乱を引きおこし、王座を追われてしまったのだ。

後鳥羽院は、歌人定家を高く評価し重用したが、後に衝突し、その関係は破綻《はたん》した。院をこよなく愛し、また憎みもしたはずの定家が撰んだ一首がこの歌であるというのも、実に興味深い。

100 順徳院――ももしきや古き軒端のしのぶにもなほあまりある昔なりけり

この歌は、建保四年（一二一六）、二十歳のときの作である。承久の乱の五年前、朝廷と鎌倉幕府との間の緊張が次第に高まっていた時期に詠まれた。

宮中の建物に生えた忍ぶ草を見て、院は王権が衰微した現在を嘆き、最盛期の昔を追慕する思いへと誘われていく。国を昔の正しい状態に戻したいという願望は、この当時の院の偽らざる本音であっただろう。

『百人一首』一・二番は、理想の聖代《せいだい》が詠まれていたが、九九・一〇〇番はその徳政が失われたことを暗示している。定家は、後鳥羽院・順徳院の歌でもって『百人一首』を締め括《くく》った。なんともせつないラストである。

ただ、この嘆きは、この二天皇だけのものではなかったはずだ。撰者の定家も、後鳥羽院と対立し、承久の乱後も二人と交流をもった形跡はないが、心中密かにこの嘆きには深く心寄せしていただろう。

上句索引

＊配列は上句の五十音順。太字は決まり字、歌の上の数字は歌番号を表す。（決まり字とは、競技かるたにおいて、歌を読み上げる際に他の歌と区別できる決定音のこと）

あ行

か行

さ行

41 こひすてふわがなはまだきたちにけり——46

10 これやこのゆくもかへるもわかれては——15

70 さびしさにやどをたちいでてながむれば——75

40 しのぶれどいろにいでにけりわがこひは——45

37 しらつゆにかぜのふきしくあきののは——42

18 すみのえのきしによるなみよるさへや——23

77 せをはやみいはにせかるるたきがはの——82

た行

73 たかさごのをのへのさくらさきにけり——78

55 たきのおとはたえてひさしくなりぬれど——60

4 たごのうらにうちいでてみればしろたへの——9

16 たちわかれいなばのやまのみねにおふる——21

89 たまのをよたえなばたえねながらへば——94

34 たれをかもしるひとにせむたかさごの——39

75 ちぎりおきしさせもがつゆをいのちにて——80

42 ちぎりきなかたみにそでをしぼりつつ——47

17 ちはやぶるかみよもきかずたつたがは——22

23 つきみればちぢにものこそかなしけれ——28

13 つくばねのみねよりおつるみなのがは——18

な行

80 ながからむこころもしらずくろかみの——85

84 ながらへばまたこのごろやしのばれむ——89

53 なげきつつひとりぬるよのあくるまは——58

86 なげけとてつきやはものをおもはする——91

36 なつのよはまだよひながらあけぬるを——41

25 なにしおはばあふさかやまのさねかづら——30

88 なにはえのあしのかりねのひとよゆゑ——93

19 なにはがたみじかきあしのふしのまも——24

は行

96 はなさそふあらしのにはのゆきならで——101

9 はなのいろはうつりにけりないたづらに——14

2 はるすぎてなつきにけらししろたへの——7

67 はるのよのゆめばかりなるたまくらに——72

33 ひさかたのひかりのどけきはるのひに——38

35 ひとはいさこころもしらずふるさとは——40

99 ひともをしひともうらめしあぢきなく——104

22 ふくからにあきのくさきのしほるれば——27

81 ほととぎすなきつるかたをながむれば——86

ま行

49 みかきもりゑじのたくひのよるはもえ——54

27 みかのはらわきてながるるいづみがは——32

90 みせばやなをじまのあまのそでだにも——95

14 みちのくのしのぶもぢずりたれゆゑに——19

94 みよしののやまのあきかぜさよふけて——99

87 むらさめのつゆもまだひぬまきのはに——92

57 めぐりあひてみしやそれともわかぬまに——62

100 ももしきやふるきのきばのしのぶにも——105

66 もろともにあはれとおもへやまざくら——71

や行

59 やすらはでねなましものをさよふけて——64

47 やへむぐらしげれるやどのさびしきに——52

下句索引

＊配列は下句の五十音順。歌の上の数字は歌番号を表す。太字は決まり字。

か行

53 いかにひさしきものとかはしる
78 いくよねざめぬすまのせきもり
70 いづくもおなじあきのゆふぐれ
27 いつみきとてかこひしかるらむ
58 いでそよひとをわすれやはする
56 いまひとたびのあふこともがな
26 いまひとたびのみゆきまたなむ
82 うきにたへぬはなみだなりけり
84 うしとみしよぞいまはこひしき
29 おきまどはせるしらぎくのはな
72 かけじやそでのぬれもこそすれ
86 かこちがほなるわがなみだかな
59 かたぶくまでのつきをみしかな
67 かひなくたたむなこそをしけれ
17 からくれなゐにみづくぐるとは
87 きりたちのぼるあきのゆふぐれ
48 くだけてものをおもふころかな
57 くもがくれにしよはのつきかげ
36 くものいづこにつきやどるらむ
76 くもゐにまがふおきつしらなみ
61 けふここのへににほひぬるかな
54 けふをかぎりのいのちともがな
68 こひしかるべきよはのつきかな

なげきつつひとりぬるよのあくるまは 58
あはぢしまかよふちどりのなくこゑに 83
さびしさにやどをたちいでてながむれば 75
みかのはらわきてながるるいづみがは 32
ありまやまゐなのささはらかぜふけば 63
あらざらむこのよのほかのおもひいでに 61
をぐらやまみねのもみぢばこころあらば 31
おもひわびさてもいのちはあるものを 87
ながらへばまたこのごろやしのばれむ 89
こころあてにをらばやをらむはつしもの 34
おとにきくたかしのはまのあだなみは 77
なげけとてつきやはものをおもはする 91
やすらはでねなましものをさよふけて 64
はるのよのゆめばかりなるたまくらに 72
ちはやぶるかみよもきかずたつたがは 22
むらさめのつゆもまだひぬまきのはに 92
かぜをいたみいはうつなみのおのれのみ 53
めぐりあひてみしやそれともわかぬまに 62
なつのよはまだよひながらあけぬるを 41
わたのはらこぎいでてみればひさかたの 81
いにしへのならのみやこのやへざくら 66
わすれじのゆくすゑまではかたければ 59
こころにもあらでうきよにながらへば 73

13 こひぞつもりてふちとなりぬる　つくばねのみねよりおつるみなのがは ― 18
65 こひにくちなむなこそをしけれ　うらみわびほさぬそでだにあるものを ― 70
91 ころもかたしきひとりかもねむ　きりぎりすなくやしもよのさむしろに ― 96
2 ころもほすてふあまのかぐやま　はるすぎてなつきにけらししろたへの ― 7
5 こゑきくときぞあきはかなしき　おくやまにもみぢふみわけなくしかの ― 10

さ行

51 さしもしらじなもゆるおもひを　かくとだにえやはいぶきのさしもぐさ ― 56
33 しづこころなくはなのちるらむ　ひさかたのひかりのどけきはるのひに ― 38
89 しのぶることのよわりもぞする　たまのをよたえなばたえねながらへば ― 94
10 しるもしらぬもあふさかのせき　これやこのゆくもかへるもわかれては ― 15
6 しろきをみればよぞふけにける　かささぎのわたせるはしにおくしもの ― 11
42 すゑのまつやまなみこさじとは　ちぎりきなかたみにそでをしぼりつつ ― 47

た行

81 ただありあけのつきぞのこれる　ほととぎすなきつるかたをながむれば ― 86
69 たつたのかはのにしきなりけり　あらしふくみむろのやまのもみぢばは ― 74
37 つらぬきとめぬたまぞちりける　しらつゆにかぜのふきしくあきののは ― 42
73 とやまのかすみたたずもあらなむ　たかさごのをのへのさくらさきにけり ― 78

な行

50 ながくもがなとおもひけるかな　きみがためをしからざりしいのちさへ ― 55
3 ながながしよをひとりかもねむ　あしびきのやまどりのをのしだりをの ― 8
32 ながれもあへぬもみぢなりけり　やまがはにかぜのかけたるしがらみは ― 37
55 なこそながれてなほきこえけれ　たきのおとはたえてひさしくなりぬれど ― 60
100 なほあまりあるむかしなりけり　ももしきやふるきのきばのしのぶにも ― 105
52 なほうらめしきあさぼらけかな　あけぬればくるるものとはしりながら ― 57
90 ぬれにぞぬれしいろはかはらず　みせばやなをじまのあまのそでだにも ― 95
85 ねやのひまさへつれなかりけり　よもすがらものおもふころはあけやらぬ ― 90

は行

74	はげしかれとはいのらぬものを	うかりけるひとをはつせのやまおろしよ	79
35	はなぞむかしのかににほひける	ひとはいさこころもしらずふるさとは	40
66	はなよりほかにしるひともなし	もろともにあはれとおもへやまざくら	71
92	ひとこそしらねかわくまもなし	わがそではしほひにみえぬおきのいしの	97
47	ひとこそみえねあきはきにけり	やへむぐらしげれるやどのさびしきに	52
41	ひとしれずこそおもひそめしか	こひすてふわがなはまだきたちにけり	46
63	ひとづてならでいふよしもがな	いまはただおもひたえなむとばかりを	68
25	ひとにしられでくるよしもがな	なにしおはばあふさかやまのさねかづら	30
11	ひとにはつげよあまのつりぶね	わたのはらやそしまかけてこぎいでぬと	16
38	ひとのいのちのをしくもあるかな	わすらるるみをばおもはずちかひてし	43
28	ひとめもくさもかれぬとおもへば	やまざとはふゆぞさびしさまさりける	33
44	ひとをもみをもうらみざらまし	あふことのたえてしなくはなかなかに	49
49	ひるはきえつつものをこそおもへ	みかきもりゑじのたくひのよるはもえ	54
4	ふじのたかねにゆきはふりつつ	たごのうらにうちいでてみればしろたへの	9
96	ふりゆくものはわがみなりけり	はなさそふあらしのにはのゆきならで	101
94	ふるさとさむくころもうつなり	みよしののやまのあきかぜさよふけて	99

ま行

60	まだふみもみずあまのはしだて	おほえやまいくののみちのとほければ	65
16	まつとしきかばいまかへりこむ	たちわかれいなばのやまのみねにおふる	21
34	まつもむかしのともならなくに	たれをかもしるひとにせむたかさごの	39
7	みかさのやまにいでしつきかも	あまのはらふりさけみればかすがなる	12
98	みそぎぞなつのしるしなりける	かぜそよぐならのをがわのゆふぐれは	103
14	みだれそめにしわれならなくに	みちのくのしのぶもぢずりたれゆゑに	19
80	みだれてけさはものをこそおもへ	ながからむこころもしらずくろかみの	85

45	みのいたづらになりぬべきかな	あはれともいふべきひとはおもほえで	50
20	みをつくしてもあはむとぞおもふ	わびぬればいまはたおなじなにはなる	25
88	みをつくしてやこひわたるべき	なにはえのあしのかりねのひとよゆゑ	93
43	むかしはものをおもはざりけり	あひみてののちのこころにくらぶれば	48
22	むべやまかぜをあらしといふらむ	ふくからにあきのくさきのしほるれば	27
40	ものやおもふとひとのとふまで	しのぶれどいろにいでにけりわがこひは	45
24	もみぢのにしきかみのまにまに	このたびはぬさもとりあへずたむけやま	29
79	もれいづるつきのかげのさやけさ	あきかぜにたなびくくものたえまより	84
や行			
97	やくやもしほのみもこがれつつ	こぬひとをまつほのうらのゆふなぎに	102
83	やまのおくにもしかぞなくなる	よのなかよみちこそなけれおもひいる	88
46	ゆくへもしらぬこひのみちかな	ゆらのとをわたるふなびとかぢをたえ	51
18	ゆめのかよひぢひとめよくらむ	すみのえのきしによるなみよるさへや	23
31	よしののさとにふれるしらゆき	あさぼらけありあけのつきとみるまでに	36
62	よにあふさかのせきはゆるさじ	よをこめてとりのそらねははかるとも	67
8	よをうぢやまとひとはいふなり	わがいほはみやこのたつみしかぞすむ	13
99	よをおもふゆゑにものおもふみは	ひともをしひともうらめしあぢきなく	104
わ行			
15	わがころもでにゆきはふりつつ	きみがためはるののにいでてわかなつむ	20
1	わがころもではつゆにぬれつつ	あきのたのかりほのいほのとまをあらみ	6
95	わがたつそまにすみぞめのそで	おほけなくうきよのたみにおほふかな	100
23	わがみひとつのあきにはあらねど	つきみればちぢにものこそかなしけれ	28
9	わがみよにふるながめせしまに	はなのいろはうつりにけりないたづらに	14
77	われてもすゑにあはむとぞおもふ	せをはやみいはにせかるるたきがはの	82
12	をとめのすがたしばしとどめむ	あまつかぜくものかよひぢふきとぢよ	17

カラー版《ばん》　百《ひやく》人《にん》一《いつ》首《しゆ》

谷《たに》 知《とも》子《こ》

平成25年 11月25日　初版発行
平成26年 2月10日　再版発行

発行者●郡司 聡

発行所●株式会社KADOKAWA
〒102-8177　東京都千代田区富士見2-13-3
電話 03-3238-8521（営業）
http://www.kadokawa.co.jp/

編集●角川学芸出版
〒102-0071　東京都千代田区富士見2-13-3
電話 03-5215-7815（編集部）

角川文庫 18269

印刷所●旭印刷株式会社　製本所●株式会社ビルディング・ブックセンター

表紙画●和田三造

ISBN978-4-04-405407-6　C0192